상위 0.001% 랭커의귀환 7

2023년 8월 14일 초판 1쇄 인쇄
2023년 8월 18일 초판 1쇄 발행

지은이 유우리
발행인 강준규

기획 이기헌 왕소현 임동관 박경무 강민구 조익현
책임편집 김홍식
마케팅지원 이원선

발행처 (주)로크미디어
출판등록 2003년 3월 24일
주소 서울시 마포구 마포대로 45 일진빌딩 6층
Tel (02)3273-5135 **Fax** (02)3273-5134
홈페이지 rokmedia.com **E-mail** rokmedia@empas.com

© 유우리, 2023

값 9,000원

ISBN 979-11-408-0880-9 (7권)
ISBN 979-11-408-0799-4 04810 (세트)

CONTENTS

뭐야. 이머저리들은 (2)

길드.

말하자면 같은 목적에 뜻을 두고 모여 만든 일종의 이익집단.

게임에서 길드는 꽤 필수적인 요소였고, 협업이 중요한 드림 사이드에선 빼놓을 수 없을 것이다.

'하지만 서울은 상황이 달라. 구태여 길드를 만들 필요는 없었을 텐데.'

따지고 보면 아크 자체가 커다란 길드가 아닌가.

대한민국 정부가 무너지고, 그 자리를 대신해서 서울을 유지하는 커다란 단체.

국회의원 박명석과 천외천 링링이 꽤 효율적으로 운영해

왔다.

'그럼에도 다른 길드가 만들어졌다는 건…… 아크의 운영 방식이 그들의 마음에 안 들었다는 거겠지.'

아크는 주로 생존과 수호를 목적으로 운영된다. 개인의 이익보다는 공익을 우선하는 집단이라는 것이다.

'즉 저들은 개인의 이익을 위해 새로 길드를 만든 자들.'

물론 나쁜 건 아니다.

제아무리 공익을 우선하는 아크라고 해도 빈부 격차는 여실히 존재했고, 피해자는 늘 있었으니까.

3구역 사건도 그랬다.

아크는 인류를 보전하기 위해서 소수의 희생은 과감하게 배제할 준비가 되어 있는 집단이다.

그 소수가 길드를 만든다면, 아무래도 할 말은 없을 것이다.

'그래. 길드 자체가 나쁜 게 아니야. 오히려 각 분야별로 전문가들이 뭉친다는 점에선 좋아.'

검사 길드가 만들어지면 그들끼리 검술을 연구하고, 마법사들은 종종 새로운 마법을 창조할 수 있다.

이처럼 길드의 이점은 명확했고, 어쩌면 그 소속감 때문이라도 사람들의 결집력은 더 강해지기 마련이다.

"근데 이건 아니지."

강서준은 미간을 찌푸리며 천안에 파견된 세 길드를 쭉 둘러봤다.

"건방지게 나대지 마시오. 내 검은 피아를 구분하지 않소."

"……가소로운 소리를 하는군."

검과 방패를 들이밀며 사납게 으르렁대는 꼴. 마법사 한 명은 지팡이를 휘저으며 마력을 예열시키기도 했다.

오합지졸도 이런 오합지졸은 없겠지.

길드의 이점을 살리는 게 아니라, 그저 길드로 인해 분란만 조장하고 있었다.

"……정말 머저리가 따로 없군요."

그 말에 김훈은 쓰게 웃으면서 옆에 섰다. 그는 이 상황이 꽤 익숙한지 어깨를 으쓱이며 강서준에게 저들을 한 명씩 소개해 줬다.

"한복을 입은 사람은 '아리수 길드'의 김영훈 씨입니다. 검술과 궁술에 능통한 길드죠."

"……."

"그 옆에 선 탱커분은 '수호 길드'의 박동수 씨. 철혈방패라는 강한 방어 스킬을 갖고 있습니다."

마지막으로 김훈은 마법사를 가리켰다.

"마법사 길드인 '진리의 추구자'는 사실 링링 님의 추종자로 알려졌습니다. 정작 링링 님은 저들을 혐오하지만."

마법사의 이름은 '고민준'이라 했다.

"저 세 길드가 현 아크에서 가장 규모가 큰 길드고, 저들이 바로 그 길드의 장입니다."

한숨이 절로 나왔다.

아크에서 가장 큰 세력을 갖춘 세 길드의 장이 보이는 꼴이 딱 저거란다.

다른 길드의 상태는 안 봐도 빤하다.

이 정도면…….

"링링이 바쁠 만하네."

강서준은 혀를 차면서도 일단 저들을 받아들이기로 했다. 머저리 같은 이들이라 해도 개개인의 실력은 나쁘지 않았으니까.

아니, 솔직히 기대 이상이다.

5개월의 시간은 플레이어들을 강하게 만들기엔 충분했을까. 어쩌면 드림 사이드 1 때보다 더 큰 성장 폭을 보이는 게 현재의 플레이어들이다.

최하나부터 수준이 달랐다.

그녀가 벌써 300레벨에 근접한다는 것부터 확실히 대단했다.

그들은 이미 강했다.

'드림 사이드 1에서의 1년은 나조차도 겨우 200레벨 중후반에 도달할 시기니까.'

어쩌면 그가 생각했던 것보다 B급 던전 공략은 수월할지도 모른다.

적어도 그의 목적을 달성하는 것 정도는 말이다.

'그나저나 대체 언제까지 싸우려는 거지. 슬슬 귀찮아지는데……'

어느덧 저들의 시야엔 강서준조차 보이질 않는 걸까. 삼파전은 끝날 기미가 없었다.

괜히 머리만 지끈거렸다.

이걸 어쩌나…….

한편 저들의 신경전을 끊은 건 의외로 뒤늦게 쇼핑센터로 복귀한 일련의 무리였다.

"……몬스터?"

"어찌 몬스터가 여기까지!"

그래도 날고 기는 플레이어라는 건가. 빠르게 무기를 들고 자세를 갖춘 세 길드원들.

뭐라 설명해 줄 틈도 없이 아리수 길드의 김영훈은 빠르게 검을 뽑아 들었다.

그들이 적대하는 방향엔 어깨에 쌓인 눈을 털어 내는 오가 닉과 로켓이 있었다.

"흐음?"

쿠우웅!

냅다 달려들어 휘두른 검이었지만 공교롭게도 오가닉이 빼어 든 창에 의해 궤도가 틀어졌다.

뒤이어 반사적인 움직임으로 창을 그 목에 찔렀고, 정확하게 그 앞에 다다랐을 즈음이었다.

"그만."

강서준의 한마디에 창은 허공에서 멈췄고, 김영훈의 살갗을 살짝 파고들어 핏물이 배어났다.

순식간에 벌어진 일이었다.

강서준은 낮게 한숨을 내뱉으며 긴장감이 감도는 사람들 사이로 터벅터벅 걸어갔다.

어느덧 오가닉은 창을 내리고 강서준을 향해 고개를 숙이고 있었다.

"당신들이 어떤 목적으로 이곳으로 왔든 중요하지 않아요. 다만 하나만은 확실히 해 두죠."

강서준은 좌중을 향해 말했다.

"공략을 방해하진 마세요."

드림 사이드 1에서도 이렇게 대립하는 길드가 없었을까.

아니.

어쩌면 그땐 지금보다 더 많은 집단이 있었고, 그만한 갈등도 산재했었는지도 모른다.

현실이 아니고 게임이었으니까.

해서 과거의 케이는 여타 다른 길드에 의해 숱하게 배척됐던 기억이 많았다.

그때 강서준은 선택했었다.

"그러니 덤빌 거면 지금 덤벼요. 던전에서 뒤통수를 치는 인간은 절대 용서하지 않으니까."

정면 돌파.

일부러 마력을 흩뿌리며 살벌하게 말하니 각 길드장들은 긴장한 얼굴을 할 수밖에 없었다.

과연 도발에 넘어올까.

잠시 그들을 둘러봤지만 고요한 적막만이 그 사이를 메울 뿐이다. 섣불리 움직이는 녀석은 없었다.

'눈이 옹이구멍은 아니구나.'

그제야 링링이 저들을 두고 귀찮겠지만 유용할 거라고 했는지 이해할 수 있었다.

하기야 이 정도 안목도 없이 어찌 드림 사이드에서 살아남았겠는가.

"그럼 이쪽은 됐고."

강서준은 천안의 풍경보다 더 얼어붙은 분위기를 가볍게 일별했다. 한쪽에서 나한석이 멋쩍게 웃고 있었다.

"조사는 어떻게 됐습니까?"

"생각보다 상황은 심각하더군요."

나한석은 스마트폰을 꺼내어 그가 밖에서 촬영한 영상을 보여 줬다.

그곳에서 가장 먼저 눈에 띈 건 고룡이.

「저 너머에 던전이 있다고요?」

작은 날개를 팔락거리던 고롱이는 고개를 끄덕이며 한쪽을 가리켰다. 스마트폰도 그쪽을 비추니 새하얗게 안개가 낀 공간이 있었다.

정확하겐 수시로 눈 폭풍이 휘몰아치는 현장이다.

「접근……할 수는 있을까요.」

「해 봐야죠.」

오가닉은 강서준의 영혼 부대에 명령을 내렸다. 몇 안 되는 리자드맨이 쭈뼛거리다 눈 폭풍 속으로 걸음을 옮긴 건 그때.

「키이이익…….」

다섯 걸음이었다.

리자드맨은 고작 다섯 걸음을 걷고 온몸이 얼어붙었다. 영혼력이 모조리 소모한 리자드맨은 불어온 바람과 함께 흩날려 소멸하고 있었다.

「다음은…….」

이후로도 오가닉은 리자드맨들을 선별해서 다양한 방식으로 눈 폭풍 속에 집어넣었다.

최대 열 걸음이 한계였다.

스마트폰의 영상을 일시 정지한 나한석은 두 손가락으로 액정을 벌려 영상 한쪽을 확대해서 보여 줬다.

눈 폭풍 속, 뭔가가 일렁였다.

강서준은 뭔지 바로 알아차렸다.

"……정령이군요."

레벨로 치면 얼추 200에 근접할 녀석이었다. 수치로만 따져선 그다지 밀릴 것도 없는 놈들.

하지만 그것도 사정거리에 있어야 할 말이다.

"너무 오랜 시간 방치된 게 문제가 아닐까 싶어요."

"그렇군요. 눈 폭풍이 너무 두꺼워요."

던전 브레이크로 던전을 빠져나온 정령들이 할 만한 짓이 뭐가 있을까.

그저 주변 환경을 그들이 살기 편한 곳으로 바꿀 뿐이다.

얼음의 정령이 그들의 생존 환경에 적합하도록 천안을 통으로 얼려 버린 것과 마찬가지로.

그리고 그런 일을 주도적으로 시행하려면 던전은 시시각각 눈 폭풍에 휩싸이는 것이다.

"결국 이 눈 폭풍을 어찌하질 못한다면 우린 던전에 진입조차 못 할 겁니다."

나한석의 말마따나 던전에 들어가기 전에 저 '눈 폭풍'을 치워 내는 게 우선이었다.

하지만 눈 폭풍을 지우려면 그 속에 숨어 있는 정령을 직접 타격해야 한다는 건데…….

"이제 와서 눈 폭풍을 단번에 밀어낼 만한 화력을 뿜어낼 수는 없고…….”

문득 강서준은 진리의 추구자라는 마법사를 둘러봤다. 은 연중에 흘러나오는 마력량만으로 추측해 보자면 낮지 않은 레벨이었다.

‘그럼에도 역부족이겠지.’

레벨도 문제거니와, 정령 마법 자체가 일반적인 마법보다 그 효율이 강한 게 더 큰 문제였다.

정령들은 오직 본인의 속성에 관련된 마법을 다루는 대신, 그 내실이 탄탄하기로 유명했으니까.

같은 마법도 정령이 쓰는 게 더 질이 좋다.

“방법이라…… 더 좋은 방법.”

고민을 이어 나가던 강서준은 문득 최하나와 시선을 마주할 수 있었다. 그녀는 씨익 웃으면서 ‘마탄의 라이플’을 흔들고 있었다.

“……최하나 씨. 가능하겠어요?”

“스킬은 있었어요. 활용할 무기가 아쉬웠을 뿐.”

“그렇다면?”

“네. 정령은 저한테 맡겨요.”

❈

쇠뿔도 단김에 빼랬다고.

강서준은 그 길로 던전으로 향하기로 했다. 출발 직전에 브리핑은 가볍게 했으니 작전에 대한 공유는 이미 마친 상태.

기왕이면 새로 도착한 길드 인원과 합을 맞춰 봐도 좋겠지만, 과감하게 그쪽은 생략했다.

'시간이 썩 여유롭진 않아.'

던전 공략에 있어서 최하나의 위치가 대단히 중요하여 그간 무리해서라도 시간을 사용했다.

하지만 이 이상의 낭비는 없어야 한다.

진백호 사망까지의 카운트다운.

그가 주요 인물이라는 게 '밝혀진' 그 순간부터, 이 세계의 멸망은 예고된 것과 다름없다.

강서준은 쇼핑센터에서의 기억을 떠올렸다.

'설마 위기 감지가 발동할 줄이야.'

쉽게 떠오르지도 않던 이 감각은 돌연 길드와 합을 맞추고 나중에 출발할까 고민하는 순간, 떠올랐다.

더 시간을 끌어선 안 된다고.

그래선 위험할 거란 경고가 나타난 것이다.

'결국 진백호를 제때 살려 내질 못한다면 위기 감지가 발동할 만한 위협이 있을 거라는 얘기잖아.'

또한 왜 이제야 위기 감지가 발동했는지도 추측할 수 있었다.

'그때가 가까워졌기 때문이겠지.'

위기 감지는 따지고 보면 그에게 닥칠 위기를 미리 알려 준다는 점에서 '미래예지'와 닮았다. 등급이 A급이라 그 위기를 알아차리는 시기가 다를 뿐이다.

"솔직히 믿기지 않는군요. 던전을 공략하질 않으면 지구가 멸망할지도 모른다니……."

"안 믿어도 어쩔 수 없어요. 그게 진실이니까."

"안 믿는단 얘기가 아닙니다."

말꼬리를 흐리던 김훈은 한숨을 내뱉더니 강서준을 향해 다시 입을 열었다.

"아직 설명해 주지 않으신 것들이 많죠? 전 그게 궁금한 겁니다."

"차후 모두 알려 드릴 겁니다. 상황을 이해시키고 진행하기엔 너무 촉박해요. 미안합니다."

드림 사이드 1에서의 일이라거나, 주요 인물, 관리자…… 그런 얘기를 한 번에 털어놓을 수는 없다.

말을 하는 것과, 그걸 받아들이는 데엔 그만한 시간이 또 필요하니까.

제아무리 현실이 게임이 됐다고 해도 받아들이기 어려운 얘기들은 꽤 많았으니까.

해서 강서준은 이번 일에 집중하기 위해 오직 던전의 위험성에 대해서만 알려 준 것이다.

"왕이시여. 목적지입니다."

오가닉의 말과 함께 상념을 접은 강서준은 정면에 드리운 두꺼운 눈 폭풍을 확인했다.

점점 온도가 내려가고 아플 정도로 시리다고 생각했는데, 역시나 정령의 힘은 이전보다 강해져 있었다.

[스킬, '류안(S)'을 발동합니다.]

그가 선 곳에서 약 1km의 거리.

강서준은 그곳에서 이곳을 맹렬하게 노려보는 '상급 정령'을 확인할 수 있었다.

왜곡

휘이이잉!

조금이라도 접근한다면 가만두지 않겠다는 듯 살벌하게도 휘몰아치는 눈 폭풍이 있었다.

상급 정령의 힘.

천안을 통째로 얼려 버린 그 어마어마한 힘이 이쪽을 겨누고 있었다.

"최하나 씨, 부탁드릴게요."

"걱정 말아요. 나만 믿어요."

짤막하게 답한 최하나는 마탄의 라이플을 쥐고 전면에 나섰다.

호흡을 정돈하며 자세를 잡으니 묵직한 기운이 감돌았고,

정령은 이를 가소롭다는 듯 쳐다보며 비웃고 있었다.

바람 소리가 왱왱 울었다.

절대 닿을 수 없을 거라 생각하겠지.

'약 1km의 거리, 눈 폭풍이 휘몰아치는 곳에서의 저격이
니까…….'

확실히 쉬운 일이 아니다.

제아무리 마탄이라 해도 바람의 영향을 안 받는 건 아니었
고, 이 정도나 되는 거리라면 어지간해선 저격 자체가 불가
능했다.

특히 아리수 길드의 궁수들은 대개 최하나의 행동을 무시
하는 경향을 대놓고 보이고 있었다.

불가능하다고.

할 수 없는 일이라고…….

그리고 보면 저들은 천외천을 제대로 된 랭커로 취급하질
않는다고 했던가.

'구시대의 유물이랬지 아마.'

드림 사이드 1에서의 위명이 2까지 이어진다는 게 말이 안
된다고 여기는 이들이었다.

그들은 1을 플레이하지 않았고.

오직 2만을 플레이하면서 능력을 쌓아 현 자리에 선 '신흥
강자'이기 때문에 그런 걸지도 모른다.

강서준은 어깨를 으쓱했다.

'하기야 직접 보기 전엔 모르는 법이지. 소문만 무성한 사람이야 대단하다고 장담할 순 없으니까.'

게다가 천외천이라 불리게 된 계기는 후반부 던전에서 비롯된다. 아직 그런 과정이 없는 이 세계에선 그 이름 자체가 섣부른 걸지도 모르는 것이다.

'몇몇 천외천은 오픈 당시에 던전화에 휘말려 죽었다고도 했고.'

물론 최하나는 유명했다.

아이돌 출신에 천외천의 경력까지 더해졌으니, 그녀를 모르는 게 간첩이라 할 정도로 아크에서의 위명은 대단했다.

문제라면…….

그저 그녀의 전투 실력을 영상으로만 접하여 체감하질 못했고, 오랫동안 두문불출했던 그녀의 이력이 사람들에게 의심을 샀을 뿐이다.

'아무래도 사이코패스적인 성향 때문에 일부러 최하나의 던전 공략은 극히 일부의 사람에 한했다고 했으니까.'

해서 강서준은 기대가 됐다.

'과연 어떠려나…….'

강서준과의 일전을 벌일 정도로 크게 성장한 그녀였다.

과연 그녀가 주 무기였던 '라이플'을 손에 넣었을 때…… 어떤 시너지를 낼까.

적어도 1km의 눈 폭풍 따위가 걸림돌이 되진 않을 거란 확신이 떠올랐다.

[플레이어 '최하나'가 마탄의 라이플의 전용 스킬, '블링크탄'을 발동
했습니다.]

잠시 호흡을 멈춘 최하나는 극도의 집중력으로 방아쇠를
당겼다.

거짓말같이 발사와 동시에 사라지는 마탄!

다시 그것이 등장한 곳은 터무니없지만 정령의 얼굴 앞이
었다.

콰아앙!

묵직한 폭음과 함께 눈 폭풍은 순간적인 약세를 보였다.

키이이잇!

상급 정령이 크게 당황한 사이.

최하나의 저격은 연달아 발사됐다. 여지없이 시야에서
사라진 마탄은 상급 정령의 전신을 여기저기 후려치기 시
작했다.

놈이 뭔가 이상하다는 걸 깨달았는지, 눈 폭풍은 더욱 거
세게 휘몰아치며 영역을 넓혀 왔다.

최하나가 선 자리까지 얼릴 기세였다.

하지만 소용없는 짓이다.

'애초에 눈 폭풍 따위는 방해되질 않으니까.'

블링크탄은 어떤 위치에서도 그녀가 원하는 곳이라면 반드시 명중시키는 일종의 '공간이동탄'이다.

그녀가 집중하고 바라본 곳이라면 숨을 참는 동안, 그 어디든 이동시킬 수 있는 사기적인 특수성이 있다.

'최하나가 맞히지 못할 적은 없어.'

타아아아앙!

소싯적 클라크의 위명이 고스란히 드러난 가운데, 눈 폭풍은 전면에서 서서히 가라앉기 시작했다.

상급 정령에게 대미지가 고스란히 박힌다는 증거.

당연한 일이었다.

사실 상급 정령은 대단히 강력한 괴물은 아니었고, 기껏해야 C급 던전에서 파생된 놈이 아니던가.

그저 까다로운 이유는 하나였다.

'접근하기 어려웠으니까.'

하지만 접근할 필요도 없는 플레이어에겐 이만한 잡몹이 또 없는 것이다.

휘이잉……!

얼마나 지났을까.

무수하게 몰아치던 눈 폭풍이 눈에 띄게 가라앉고, 하얗게만 번졌던 세상은 점차 선명해졌다.

그저 얼어붙은 땅 위로 찬 공기가 감돌았다.

[엘리트 몬스터 '상급 빙령 어르미(C)'를 처치하였습니다.]

[C급 재난 '눈 폭풍'이 해제됩니다.]

……잠시간 아리수 길드원의 대화가 사라진 건 착각일까.

이후로 일행은 빠르게 이동했다.

상급 정령을 해치운 덕일까. 별다른 저항 없이 손쉽게 던전이 있는 곳까지 다다를 수 있었다.

"여기라고?"

['고롱이'가 코끝에 저미는 차가운 '진수성찬'에 고개를 끄덕입니다.]

고롱이는 작은 날개를 활짝 펄럭이며 눈으로 뒤덮인 바닥을 가리켰다. 아무래도 던전 자체가 눈 폭풍에 휘말려 매몰된 듯했다.

'그나저나 고롱이의 후각 센서도 많이 좋아졌네. 아이크가 이것도 좀 만져 준 건가.'

강서준은 그 생각에 확신을 가질 수 있었다. 아무렴 일전에 벌어진 일들을 설명하기 어려웠기 때문이다.

'과거의 오가닉이었다면 현재의 플레이어를 압도할 수는

없으니까.'

그리고 고롱이는 레벨 150에 얻었던 펫이었다. 봉인됐던 기능이야 모두 해제되었어야 정상인 것이다.

아마 가진 스킬은 전부 쓰지 않을까?

실제로 고롱이의 스킬 목록을 확인해 본 강서준은 쾌재를 부를 수 있었다. 모든 스킬이 활성화되어 있는 것이다.

"일단 여길 파 보도록 하죠."

"……네?"

"이 아래에 던전이 있어요."

거두절미하고 강서준은 파이어볼을 가공하여 아래로 던졌다. 녹아내린 눈 아래로 서서히 건물이 형태를 드러내고 있었다.

"아……!"

뒤늦게 그를 따라 마법사들이 불꽃을 만들어 냈다. 여럿이 바닥을 녹이니 금세 눈에 파묻혔던 건물을 발굴해 낼 수 있었다.

천안의 H마트.

눈 폭풍의 원인이자, B급의 '정령 던전'이 발생한 던전화의 중심지가 이곳이었다.

"과연…… 냉동 창고가 던전이 된 건가요."

"네. 일단 다들 모여 주시겠어요?"

마트의 지하, 식품 코너까지 다다르자 냉동 창고엔 노란빛으로 일렁이는 문이 있었다.

강서준은 플레이어들을 향해 말했다.

"다들 알다시피 이곳은 B급의 정령 던전으로 추정됩니다. 한마디로 위험하단 거죠. 아마 목숨을 걸어야 하는 일일지도 몰라요."

B급 던전은 그 누구도 목숨을 책임져 줄 수 없는 곳이다. 레벨 300에 다다르는 보스 몬스터는 강서준조차 이길 수 없는 괴물이니까.

제아무리 5개월간 기량을 올린 최하나조차, 여타 다른 플레이어들이라고 해도 무리였다.

'B급 던전을 중심으로 레벨 업을 꾸준히 해낸다면 모르겠지만…….'

그럴 여유도, 시간도 없다.

"물론 던전에서 여러분이 뭘 하든 터치하진 않을 겁니다. 방해만 하지 않는다면요."

"……그 말은 개인행동을 허락한다는?"

"어차피 그럴 생각 아니었습니까."

강서준은 아크의 세 길드원들이 그에게 쉽게 협조해 줄 생각 따위는 없으리라 확신했다.

해서 그들에게 원하는 건 동행.

그 이상은 의미가 없었다. 오합지졸은 없느니만 못하니까.

'애초에 지원군을 요청한 건 던전을 공략하려는 속셈도 아

니었고.'

던전 공략은 최하나나 김훈 같은 고렙의 플레이어들만으로도 충분한 일이었다.

그 이외엔 쇼핑센터에 주둔하여 진백호를 지켜 주는 역할이면 족하는 것이다.

그래도 강서준은 그들을 향해 말했다.

"단 여러분이 '얼음 정령의 정수'라는 아이템을 구한다면 바로 저에게 가져와 주십시오. 그게 조건입니다."

얼음 정령의 정수.

더도 말고, 덜도 말고 이 던전에선 그것만 얻어 내면 목적은 쉽게 달성할 수 있었다.

진백호에겐 그것만 있으면 된다.

"값은 치를 테니까."

강서준의 말이 끝나자 세 길드는 짧게 저들끼리 회의를 나눴다. 강서준의 얘기엔 그들로서는 아쉬울 게 없었으니 결론도 빨랐다.

"정말…… 정말 그걸로 괜찮은 거요?"

"네."

"정말 우리가 하고 싶은 대로 움직여도 되는 거겠지요. 강서준 씨를 따라다니지 않아도 된다는 거 맞소?"

"속고만 살았습니까."

그제야 안심한 표정을 짓는 길드원들이었다. 강서준은 어깨를 으쓱이며 나지막이 말했다.

"단 내 일만 방해하지 말고요."

"여부가 있겠습니까!"

그들은 큰 목소리로 답했다.

확실히 쇼핑센터에서 오가닉이 보여 준 무력이, 또한 강서준의 위협이 꽤 먹힌 듯했다.

허락을 구할 일이 아님에도 이렇게까지 저자세로 나올 줄이야.

한편으로는 이런 생각도 들었다.

'이러니저러니 해도 유용하지만 귀찮다는 표현이 딱 맞아떨어지는군.'

저들은 본인의 수준은 잘 알면서 귀찮게도 욕심은 많은 자들이었다.

그런 자들이었으니 구태여 아크를 벗어나질 않고, 그 속에서 자잘한 길드 활동을 이어 나가는 거겠지.

강서준은 잡념을 털어 내며 말했다.

"그럼 던전으로 진입하겠습니다."

이제 남은 건 던전에 진입해서 각자 목적에 따라 움직이는 것뿐이다.

길드원들은 저마다 레벨 업을 목표로 할 것이고, 강서준은 '얼음 정령의 정수'를 찾아 진백호를 살릴 것이다.

그다음은······.

'슬슬 준비해야겠지.'

어느덧 정규 업데이트 시즌을 코앞에 두고 있었다. 강서준은 그에 대비한 철저한 준비를 해야 했다.

뒤늦은 레벨 업?

그것 말고도 할 일은 발에 치이듯 많았다. 강서준은 풀지 못해 미뤄 뒀던 숙제들을 하나씩 떠올려 봤다.

'컴퍼니도 어딘가 남아 있겠지.'

그가 없앤 건 고작 서울에 있던 컴퍼니의 잔당을 처치한 것이다. 용족을 배후로 둔 그놈들은 지금도 어딘가에서 숨을 죽인 채 기회를 노리고 있을 것이다.

알게 모르게 악행을 반복할지도 모른다.

'마족도 전부 소탕해야 하고.'

아크에 침입한 마족은 또 어떤가.

'몽마'는 최하나를 무너뜨릴 뻔했고, 어쩌면 지금도 아크는 지독한 암세포를 도시 내부로 기르고 있는 것이다.

"일단…… 다들 행운을 빕니다."

그렇게 각자의 목적에 충실하기 위해 던전으로 발을 디뎠다. 계획대로라면 그들은 안에서 적당한 위치를 잡고 뿔뿔이 흩어져야만 했다.

그래.

계획대로 흘러갔다면 말이다.

으레 그렇듯 '드림 사이드'는 예상대로 빤하게 흘러가는 그런 게임은 아니었으니까.

[B급 던전 '기계 공화국'에 진입했습니다.]
[!]
['기계성'의 특수 함정 '왜곡'을 발동합니다.]
[임의의 장소로 이동됩니다.]

……뭐?

반문할 틈도 없이 황당한 문자 배열과 함께 강서준의 얼굴이 대놓고 구겨지고 말았다.

천안의 B급 던전.

외부로 퍼져 나간 자연재해와 던전 브레이크로 파생된 몬스터인 '빙령'만으로도 그저 정령 던전으로 추측했는데.

터무니없었다.

츠츠츠츳!

여유는 없었다.

몸이 붕 뜨는 느낌이 들었고 강제적인 흡입력과 함께 그 몸이 어딘가로 전이된다는 걸 깨달았다.

정신을 차렸을 때는 이미 주변은 어둠으로 가득 찼고, 사방에서 쇠 냄새가 진동하고 있었다.

"……허."

헛바람을 내뱉으며 겨우 주변을 둘러봤다. 빛 한 점이 없어 어두운 곳은 지독한 쇠 냄새와 발끝의 감각으로 보아 고철 더미 위인 듯했다.

그리고 강서준은 섣불리 '파이어볼'이나 스마트폰의 '플래시'를 켜는 우를 범하진 않았다.

'여긴 B급 던전이니까.'

그것도 어딘지조차 전혀 파악할 수 없는 미지의 공간이다.

거기서 섣불리 빛을 낸다는 건 나 잡아먹어 줍쇼, 아가리에 머리를 들이미는 꼴이다.

문제는.

파앗!

그의 옆으로 전이된 누군가가 당당하게도 스마트폰 플래시를 켰다는 거지만.

"오오, 강서준 씨…… 그대도 나랑 같이 이동된 거요?"

고철 더미 위에서 겁도 없이 플래시를 들고 이쪽을 비추는 남자는, 아리수 길드의 '김영훈'이었다.

"……얼른 그거 꺼요!"

"네?"

"빨리!"

아무래도 상황은 이미 늦었던 걸까. 근처로 무언가가 슬금슬금 기어가는 소리가 들려왔다.

촉각을 바짝 세우고 주변을 경계했다.

고롱이도 코를 킁킁대며 어둠 속에 숨어 있는 '무언가'의 위치를 먼저 파악해 냈다.

　김영훈의 뒤였다.

　키아아앗!

　[몬스터 '기계충(B)'을 발견했습니다.]

　[몬스터 '기계충(B)'이 스킬, '분쇄'를 발동합니다!]

　"으아아앗!"

　비명을 터뜨리며 반사적으로 몸을 굴린 김영훈은 고철 더미에 쉽게 널브러졌다.

　키잇, 키이잇!

　톱니 같은 이빨을 딱딱 부딪치며 빗나간 공격을 아쉬워하는 기계충.

　뭐라 설명하기 곤란할 정도로 기괴한 생김새였다.

　'이름 그대로 진짜 기계 곤충이냐.'

　어쨌든 강서준은 빠르게 재앙의 유성검을 쥐어 놈의 전면으로 다가섰다.

　공격이 빗나간 지금.

　놈을 습격하기엔 최적의 기회였다.

　[스킬, '마력 집중(E)'을 발동합니다.]

터어엉!

불똥이 튀면서 기계충의 외갑이 조금 찌그러졌다. 기계충
이 불만을 토해 내며 껑충 뛰어올랐고, 강서준은 그 반경에
서 벗어나 옆으로 피했다.

"흐음…… 역시 쉽진 않네."

미간을 좁힌 그는 성난 울음을 토해 내는 기계충을 노려봤
다.

아무래도 상성이 나빴다.

재앙의 유성검은 피를 흡수해서 강화하는 스킬을 가졌는
데, 상대는 피라는 게 존재하지 않는 기계였다.

'물론 내 피를 흡입시킨다면 재앙의 유성검은 그만한 시너
지를 발휘해 내겠지만…….'

장기전엔 부적합했다.

이곳은 던전의 초입이고, 그는 아직 이곳에 무엇이 있는지
정확하게 알지 못했으니까.

'뭐 굳이 안 써도 되기도 하고.'

혀를 찬 강서준은 호흡을 정돈했다.

[스킬, '류안(S)'을 발동합니다.]

기계충의 몸에 흐르는 에너지가 고스란히 보였다. 그중 일
정한 흐름이 뭉치는 곳들을 발견했다.

놈의 약점이었다.

키이잇!

직각으로 뛰어오른 기계충이 어깨를 물려 했다. 하지만 강서준의 검이 더 빠르게 찌그러진 외갑 틈을 찔렀다.

단 일격!

틈 속에 감춰졌던 흐름 뭉치에 검이 꽂히자, 부르르 떨던 기계충은 건전지가 방전된 로봇처럼 바닥에 고꾸라졌다.

"……이, 이게 대체."

당황한 김영훈이 한숨을 내쉬며 강서준에게 다가왔다. 고철 더미 위를 굴러서인지 그의 전신엔 자잘한 상처가 가득했다.

하지만 회복할 여유는 없었다.

강서준은 그를 일별하며 말했다.

"정신 바짝 차려요."

"왜, 왜 그러시오. 무섭게……."

"당신이 싼 똥이 거세게 밀려오고 있으니까."

강서준의 시야를 좇아 고개를 돌린 김영훈도 그제야 한쪽 어둠이 유난히 붉게 빛난다는 사실을 깨달았다.

어둠의 끝자락.

그곳에서 수십의 기계충이 붉은 눈동자를 번쩍이며 이쪽으로 다가오고 있었다.

"저, 전부 몬스터……?"

"약점은 전선. 외갑을 부수고 그 틈에 검을 찔러요. 살아서 만납시다."

쇠 냄새와 기름 냄새가 섞여 사방에서 진동하는 가운데, 기계충 수십 마리가 일시에 이쪽으로 달려드는 순간이었다.

⬥⬥⬥

천안의 B급 던전.

기계 공화국.

입장과 동시에 '왜곡'이라는 함정이 발동하여, 플레이어들을 뿔뿔이 흩어지게 만든 골치 아픈 던전이었다.

특히 정보가 희박한 곳에서의 전투는 한층 더 어려운 법이고, 강서준처럼 김영훈 같은 경험이 부족한 플레이어와 고립된 경우엔 쓸데없는 위기를 초래할 수도 있었다.

우선순위는 바로 떠올릴 수 있었다.

'일단 다른 사람들부터 찾아야겠지.'

강서준은 핸드폰 액정의 오른쪽 상단을 살펴봤다. 혹시나 했지만 역시나의 상황이었다.

[통화권 이탈]

아무렴 천안 안에서도 전화가 터지질 않던 게, 던전 안이라고 제대로 될 리가 없었다.

강서준은 한숨을 내뱉었다.

"저…… 강서준 씨?"

"뭡니까?"

"방금 전엔 고, 고마웠소. 그대 덕에 살았소."

여기저기 까이고 찢어진 옷차림의 김영훈은 고개를 푹 숙이며 그에게 감사를 표했다.

초면부터 검을 뽑아 들기에 경우 없는 사람일 거라 생각했는데, 의외로 양심은 있다.

하긴 영혼부터 악령은 아니다.

강서준은 어깨를 으쓱이며 물었다.

"……그나저나 말투는 원래 그래요?"

솔직히 강서준은 김영훈이란 사람을 완전히 이해하긴 어려웠다.

현시점에서 뜬금없이 한복을 입고 다니는 것도 그렇고, 말투도 어째 사극체이지 않은가.

'극한의 컨셉충인가?'

김영훈은 자신의 옷매무새를 가다듬더니 당당하게 말했다.

"소인은 무속인이었소."

"……무속인?"

"플레이어가 되면서 재능을 더욱 꽃피울 수 있었지. 소인의 몸에 장군의 영을 맞이하였으니…….”

그 말에 바로 영안부터 발동시켜 봤다. 역시나…… 그 몸 속엔 하나의 영혼만이 있는 게 아니었다.

둘, 아니 셋.

“빙의 스킬입니까?”

“……바로 알아보시는구려.”

강서준은 가볍게 혀를 차면서 김영훈에게 들러붙은 ‘영혼 들’을 확인했다.

말하자면 저자는 ‘조선 시대의 장군’이란다. 하여 플레이 어로 각성한 이후로 자연스레 사극체와 현대의 말투가 섞이 게 된 것이다.

몸의 반은 귀신, 반은 인간인 셈.

‘꽤 희귀한 스킬인데…… 무속인 출신이라 얻어 낸 건가.’

문득 튜토리얼 퀘스트에서 이 남자는 굿판이라도 벌였는 지도 모르겠다는 확신이 들었다.

그런 짓을 했으니 저런 스킬이 나오겠지. 저자도 나도석 못지않게 플레이 방식이 독특했다.

‘그나저나 조선 시대의 영혼은 어디서 구한 거야? 정말 무 속인 시절부터 함께하던 건가?’

그 또한 의문이다.

자고로 영혼이 유지될 수 있는 기간은 극히 짧았다. 직접 사용해 봐서 아는 얘기였다.

블랙 그라운드처럼 특수한 환경에 있지 않고서는…… 영혼은 이승에 오래 머물 수 없다.

또한 고레벨의 개체가 아니고서야.

조선 시대에서부터 영혼이 여태까지 소모되지 않고 살아 있다는 것 자체가 말이 되질 않는다.

강서준은 김영훈의 허리춤에 걸린 검집, 그곳에 매달린 장식을 찾을 수 있었다.

'과연……'

영혼은 저 장식에 머무르고 있었다. 아무래도 특수한 아이템인 걸까?

어쩌면 김영훈이 무속인 시절부터 갖고 있었을 저 장식이 드림 사이드 2가 되면서 본격적으로 '아이템'이 됐는지 모르겠다.

……잠깐.

생각해 보니 아이템의 정의가 조금 모호해졌다. 단순히 게임 속에서나 등장하는 물건을 아이템이라 여겼는데.

'결국 현실의 물건도 아이템인 거잖아.'

현실이 게임이 되었다.

보이는 모든 것들이 아이템이 될 가능성이 있는 것이다.

그렇다면?

'박물관에 전시된 물건들은…….'

강서준은 애써 머리를 털어 상념을 지워 냈다. 이 장식이 특별한 이유는 '조선 시대의 영혼'이 머무르기 때문이었다.

박물관에 가 봤자, 녹슨 검만 있겠지.

'그냥 던전이 됐을 수도 있고.'

한편 강서준의 백귀들은 실시간으로 던전의 이곳저곳을 헤매고 있었다. 그중 라이칸과 오가닉으로부터 메시지가 들려왔다.

-왕이시여…… 방황하는 플레이어를 발견했나이다.

-왕이시여. 이쪽도 이상한 점은 발견하지 못했습니다. 찾아낸 플레이어를 데리고 귀환하겠습니다.

그들이 아쉬움을 토로하는 사이, 고롱이도 신난 듯이 주변을 헤매며 메시지를 보내왔다.

['고롱이'가 사방에서 뛰어다니는 '먹이'를 향해 침을 삼킵니다.]

"고롱아. 그거 기계니?"

['고롱이'가 고개를 끄덕이며 입맛을 다십니다.]

한숨이 절로 나왔다.

아무래도 문제가 있다면 아마 이게 가장 클 것이다.

어째서 예상과 다른 전개로 흘러가는지는 아직 모르겠는데.

'정령이 없어.'

기계 공화국에 진입한 지 얼추 2시간이 지났다. 고철 더미 위에서 기계충을 쓰러트리고 거대한 쓰레기장 같던 그곳을 빠져나오고도 변한 게 없다.

여태 정령의 족적 하나 발견하지 못했다.

그게 가당키나 할까?

'기계 공화국이란 이름에 썩 어울리는 몬스터 생태계긴 하지만…… 그럼 왜 던전 밖엔 빙령이 있던 거지?'

같은 생각을 했는지 옆을 걷던 김영훈도 한쪽 복도를 서성이는 기계충을 발견하고 말했다.

"강서준 씨, 여긴 정령 던전이 아니었소?"

"……흐음."

"어찌 기계만 나오는 것 같소."

한숨을 삼키며 복도를 서성이는 기계충을 거칠게 발로 걸어차 버렸다.

찌그러진 외갑 사이에 흘러나온 전선은 득달같이 달려든 김영훈의 검술에 의해 잘려 나갔다.

의외로 합은 잘 맞았다.

하기야 조선 시대의 영혼이 직접 휘두르는 검술이다. 그저 전투에 최적화해서 막무가내로 휘두르는 강서준의 검술보다는 훨씬 조예가 깊었다.

강서준은 멀리서 펄럭거리며 날아온 고롱이에게 대충 기

계층의 사체를 던져 주고 말했다.

"모르겠어요. 확실한 건 기계만 등장하고 있다고 해도 이곳은 정령 던전이란 겁니다."

던전의 형태가 어쨌든, 던전 외부로 빠져나간 몬스터가 '정령'이라는 건 변치 않는 사실이다.

그렇다면 이곳 어딘가엔 정령이 있다.

기계만 나오는 게 이상한 거다.

─일단 다들 돌아와 봐.

강서준은 백귀들에게 복귀 명령을 내리고 잠시 휴식을 취하기로 했다.

더는 이 근방을 찾아선 없을 것 같다.

다른 곳으로 넘어가야 할 때였다.

한편 검에 묻은 기름을 닦아 내던 김영훈은 강서준을 돌아보며 나지막이 말을 걸어왔다.

"그나저나 강서준 씨."

"……또 뭡니까."

"그 말…… 진심이오?"

무슨 뜻인지 의문을 품고 바라보니 김영훈은 반듯하게 닦인 검을 검집에 수납하고 있었다.

"던전에 진입하면 소인들은 단독 행동을 해도 좋다고 하셨잖소."

"아, 그거."

"진심이오?"

강서준은 어깨를 으쓱했다.

"진심이면 안 됩니까?"

"안 될 건 없지만 예상과는 다른 듯하여……."

"무슨 뜻이죠?"

"솔직히 그대라면 다른 말을 할 줄 알았소."

김영훈은 자세를 바로 하더니 말했다.

"케이를 아크에선 무어라 부르는지 아시오?"

"……랭킹 1위?"

"그야 당연하오. 하나 요즘엔 더욱 정형화된 단어가 있소."

랭킹 1위 케이…… 천외천.

뭐, 그런 이름 말고 그를 지칭하는 단어가 더 있을까.

미간을 구기며 머리를 굴리던 강서준은 나지막이 들려온 한마디에 저도 모르게 헛웃음을 삼켰다.

"영웅."

"……뭐요?"

"흔히 사람들은 케이를 두고 타인을 위해 목숨마저 아끼질 않는 영웅이라 칭하오."

농담인가 하여 김영훈을 빤히 바라보니 그의 표정은 진지하기만 했다. 생각보다 꽤나 진솔한 말은 계속 이어졌다.

"한데 직접 마주해 보니 역시 소문과 다르다는 걸 알겠소. 그대는 타인을 위해 스스럼없이 목숨을 버릴 자가 아니오. 오히려 그대는 영웅보다는 패자(覇者)에 가깝다는 걸 알았소."

패자.

누군가를 위해 희생하는 게 아니라, 누군가의 위에 군림하는 자.

나아가 세상을 발아래에 둘 절대자.

그게 김영훈이 보는 강서준이었다.

'……꽤 정확하네.'

그는 단 한 번도 남을 위해서 희생한 적이 없었다. 그저 도울 여력이 됐으니 도울 뿐이다.

목숨을 내던진 적은 단언컨대 없었다.

달 던전, 그러니까 '재앙의 유성'조차 롤백 현장에 남은 건 그곳을 탈출할 수 있다는 확신을 가졌기 때문이다.

결과가 그리됐을 뿐.

그건 희생정신이 아니었다.

'무언가를 얻기 위해서 꼭 무언가를 잃어야 한다니…… 그게 뭐야.'

강서준은 그런 류의 전개는 싫어했다.

차라리 가지질 못하거나.

아니면 전부 다 가지거나.

'해피 엔딩이 되지 못할 바엔 아예 이야기는 끝나지 않는

게 나아.'

강서준은 쓴웃음을 뒤로하고 김영훈에게 말했다.

"그래서 실망스럽습니까?"

"아니, 나는 이쪽이 더 좋소. 나도 위선적인 인간들은 싫으니."

김영훈은 씨익 웃었다.

"하여 당신에게 협조하기로 마음먹었소. 당신 같은 사람이라면 믿을 만한 법이오."

약간의 오해도 섞인 것 같지만 구태여 해명하진 않았다. 애써 나서겠다는 그를 말릴 필요는 없었다.

아리수 길드도 도움은 될 테니까.

그보다 강서준은 뇌리로 꽂히는 라이칸의 다급한 음성을 들어야 했다.

-왕이시여! 이쪽에!

의사 전달을 받은 것과 동시에 강서준은 재앙의 유성검을 꽉 쥔 채로 라이칸을 향해 달렸다.

김영훈이 그 뒤를 쫓았고, 머지않아 벽 하나를 두고 몇몇의 플레이어들이 숨을 죽이고 있는 걸 찾을 수 있었다.

건너편 교묘하게 숨겨진 통로 너머로 커다란 기계가 보였다.

[시나리오 지역을 발견했습니다.]

[이곳은 '노역장'입니다.]

강서준은 교묘하게 숨겨진 통로 너머의 풍경을 보아 바로 이해할 수 있었다.

어째서 던전 브레이크로 발생한 몬스터가 '빙령'이면서, 내부엔 '기계충'이 가득했는지.

정령 던전이어야 할 이곳이 왜 '기계 공화국'이란 이름을 가졌는지.

그리고 분명 어디든 있어야 할 정령들은 전부 어디 갔는지…….

"……붙잡혀 있었구나."

전혀 맞물리지 않는 몬스터의 상태나 던전의 생태계는 단 하나의 결론으로 이어지고 있었다.

강서준은 헛웃음을 지었다.

'처음부터 잘못 생각한 거야.'

일반적으로는 던전 브레이크로 파생된 몬스터의 상위 개체가 던전 내부에 있을 것이다.

그게 여태껏 상식이었다.

하지만 여긴 B급 던전이라는 걸 잊지 말았어야 한다.

B급 던전의 몬스터는 인간의 지적 수준과 맞먹는다는 사실도…….

'여긴 일반적인 정령 던전이 아니야. 말하자면 정령이 기

계에게 패배한 던전이지.'

눈앞에 펼쳐진 풍경처럼 정령들이 기계에게 노예처럼 사역당하는 세계관인 것이다.

터무니없지만 그게 천안의 B급 던전의 실체였다.

그뿐일까.

'보수 성향의 던전이구나.'

보수 성향의 던전.

던전 브레이크를 통해 어떻게든 던전의 외부로 빠져나가고 싶은 몬스터의 특징과 반대되는 놈들.

몬스터의 본능이거나 혹은 시스템의 명령일지도 모르는 그 특징을 거부하는 '이레귤러'였다.

이놈들은 던전에 머물고 싶어 한다.

'문제는 놈들이 던전에 남고 싶은 이유야. 젠장⋯⋯.'

여태 그가 겪었던 보수 성향의 던전은 대개 같은 목적으로 움직였다.

'완벽한 침공을 위한 도움닫기.'

이놈들은 쓸데없는 무력을 낭비하기보다는 내실을 가꿔 향후 더 수준 높은 던전이 되길 기다리는 것이다.

그때야말로 침공의 적합한 시기.

종종 보수 성향의 던전은 이렇듯 내실을 다져 더욱 골칫거리가 되어 돌아오곤 했다.

'그나마 B급일 때 발견한 게 다행인 건가.'

물론 이렇듯 일찍 발견할 수만 있다면 그 침공 시기는 대폭 늦추는 게 가능하다.

플레이어가 개입할수록 던전의 성장 속도는 더뎌지거나 빨라질 수도 있는 법이니까.

키이이잇!

정령들은 사나운 울음을 토하면서도 힘겹게 부품 하나하나를 입에 삼켰다 뱉어 내길 반복했다.

무얼 하나 싶었는데.

산처럼 쌓여 있는 어떤 부품들의 열기를 정령들이 식히고 있었다.

'그나저나 빙령이 아니네.'

레일을 지나가는 부품을 식히는 정령은 빙령(氷靈)보다는 수령(水靈)에 가까웠다.

물의 정령.

그중 몇몇은 빙령이었고, 그들은 자잘한 부품을 식히기보단 커다란 기구에 달라붙어 그 열기를 식혔다.

'하긴 뿌리는 같으니까.'

물이 얼면 얼음이 되는 게 아니겠는가. 결국 물의 정령과 얼음의 정령은 뿌리가 같다.

[스킬, '류안(S)'을 발동합니다.]

강서준은 기구에 다닥다닥 달라붙은 전선을 확인했다. 전선은 던전의 벽으로 연결되고, 그 속으로 유기적인 흐름을 이끌어 냈다.

　　던전 전역으로 흐르는 에너지원이다.

　　아마 저게 '왜곡'을 발생시킨 원인이자, 이 던전의 핵심 부품일 것이다.

[새로운 퀘스트가 도착했습니다.]

　　추측이 맞아떨어졌는지 여지없이 메시지가 나타났다.

　　강서준은 그 내역을 확인하자마자 서서히 주변 풍경이 뭉개지는 걸 볼 수 있었다.

　　낯선 장소가 눈앞에 펼쳐졌다.

　　「아쿠아 님. 적들이 코앞까지 다가왔습니다!」

　　수려한 외모를 가진 아름다운 여성은 물기 젖은 눈을 떴다. 상당히 왜소한 느낌이었지만 그는 단번에 알아봤다.

　　'물의 정령왕.'

　　어쩌면 이 던전의 주인이 될 수도 있는 NPC 혹은 몬스터에 해당하는 녀석이다.

　　물의 정령왕 '아쿠아'는 주변에 기립한 빙령에게 말했다.

　　「……이대로 종속될 수는 없어요.」

　　「물론입니다.」

「해서 위험하지만 도박을 하려 해요. 여러분의 도움이 절실히 필요하겠지만······.」

아쿠아의 말에 정령들은 당연하다는 듯 고개를 끄덕였다.

강서준은 그들 몇몇이 노역장에서 큰 기구를 식히던 녀석과 같은 얼굴이라는 걸 상기했다.

「부디 뒤를 부탁해요. 우리들의 미래는 당신에게 달렸어요.」

「명을······ 명을 받들겠습니다.」

이어진 내용은 정령왕 아쿠아가 거주하는 장소로 기계들이 침식을 시작하는 장면이었다.

푸른 바다 위로 날아온 커다란 기계성. 가차 없는 폭격으로 물의 정령을 짓이겨 댔다.

「그만······ 그만! 항복하겠다!」

무슨 생각인 걸까.

아쿠아는 크게 저항하지도 않고 전면에 나서서 기계성의 폭격을 멈췄다. 뒤에 기립한 빙령들은 슬픈 얼굴로 그 뒤를 따르고 있었다.

기계에 구속되어 끌려가는 아쿠아.

「다들······ 살아 주세요.」

물기 젖은 목소리를 마지막으로 영상은 끝나 가고 있었다.

[!]

[새로운 퀘스트가 도착했습니다.]

다시 노역장으로 시선을 돌린 강서준은 어느덧 문장으로 정리된 퀘스트 내역을 볼 수 있었다.

> ### 퀘스트 - 아쿠아의 기원
>
> **분류** : 시나리오
> **난이도** : B
> **조건** : 물의 정령왕 '아쿠아'가 기계성에 구금됐습니다. 노역장의 정령을 해방시켜, 정령왕을 되찾으십시오.
> **제한 시간** : ?
> **보상** : 물의 정령왕의 호감, 연계 퀘스트
> **실패 시** : 기계 감옥 '아르곤'에 투옥
> *물의 정령왕 '아쿠아'는 시나리오 핵심 몬스터입니다. 사망 시, 퀘스트의 난이도는 대폭 상승합니다.
> *현재 물의 정령왕 '아쿠아'는 모종의 이유로 아르곤에 투옥됐습니다. 원인을 밝히고 그녀를 구출하세요.

퀘스트를 수락하시겠습니까?

Yes / No

거에 리자드맨의 우물에서 그에게 주어졌던 퀘스트 선택창과 같았다.

선택과 동시에 앞으로의 퀘스트나 플레이어의 운명까지 판가름할 최초의 분기점.

상위 0.001%
랭커의 귀환

메시지는 아직 끝나지 않았다.

[확인하지 않은 퀘스트가 있습니다.]

퀘스트 – 기계성 보수 공사

분류 : 시나리오
난이도 : C
조건 : 알게 모르게 정령들의 수작으로 인해 기계성이 일부 망가졌습니다. 기계성을 도와 정령들을 제압하시오.
제한 시간 : ?
보상 : 기계 공화국의 시민권. 연계 퀘스트
실패 시 : 기계성 일부 잠금
*기계성은 기계 공화국의 핵심적인 기계입니다. 파괴 시. 퀘스트의 난이도는 대폭 상승합니다.
*현재 기계성의 파괴 상태는 2% 미만입니다.

퀘스트를 수락하시겠습니까?

Yes / No

두 개의 선택지였다.

노역장의 정령을 구출하여 '물의 정령왕 아쿠아'의 편에 서거나.

반란 세력을 먼저 찾아 제거하여 '기계성' 편에 서거나.

강서준은 거두절미하고 선택했다.

['퀘스트 – 아쿠아의 기원'을 선택했습니다.]

[노역장의 정령을 해방시키십시오.]

사실 그에겐 다른 선택지는 거들떠볼 이유가 없었으니까.

'정령의 정수를 얻어야 하니까.'

물론 정령을 때려잡으면 언젠가 정령의 정수를 습득할 가능성은 있었다.

초기 계획대로라면 정령을 때려잡아 정수를 획득하고자 했겠지만, 이곳은 상황이 여의치 못했다.

아무래도 정령의 숫자가 적었다.

'드랍율도 희박한데 몬스터의 숫자도 적으니…… 어쩔 수 없지.'

강서준은 생각을 정리하고 일행들에게 그 의견을 전했다. 뒤늦게 오가닉을 따라 합류한 네 명까지.

그들은 일단 부정적이었다.

"왜…… 정령을 돕죠?"

그들은 당연히 기계 공화국 측에 붙고자 했고 이유는 간단했다.

기계 공화국과 친분을 쌓아 두면 훗날 이곳의 기술력을 재원으로 제공받을 가능성이 있기 때문이다.

아마 큰 도움이 될 것이다.

나중에 지구로 침공을 시작하더라도 인류를 적으로 여기

지 않을 수도 있는 노릇이고.

'무엇보다 파괴 상태가 2%니까.'

그건 정령 퀘스트의 성공 확률과 비례했다. 이대로 정령을 따라간다면 극악의 난이도를 장착한 퀘스트만 얻어 낼 게 뻔한 일.

"흐음…… 그대를 믿소."

"길드장님의 선택이라면……."

하지만 강서준의 편이 되어 준 이들도 있었다. 아리수 길드의 김영훈. 그는 종전에 했던 말들이 거짓이 아니라는 듯 망설임 없이 정령의 편에 섰다.

이쯤 되면 다른 이들도 어쩔 수 없다.

가장 강한 플레이어들이 정령의 편에 섰으니, 그 적대 세력에 붙을 수는 없는 법.

반강제적인 선택이었다.

"너무 걱정하지 않으셔도 됩니다. 당장 우리가 기계 공화국을 상대로 전쟁을 벌일 건 아니니까."

더도 말고 덜도 말고.

딱 '정령의 정수'만을 챙겨 이 던전을 빠져나간다. 그게 강서준이 생각한 최선의 계획이다.

어차피 그들은 이곳을 공략할 만한 수준은 못 된다.

"……알겠습니다."

약간 꺼림칙한 표정의 플레이어들을 일별하고, 강서준은

조심스럽게 노역장으로 진입했다.

상대해야 할 몬스터는 12마리.

그중 강서준은 단 한 놈만을 노리고, 나머진 김영훈을 비롯한 플레이어에게 맡기기로 했다.

막말로 한 놈이라 해도 그놈 하나가 나머지 11마리보다 훨씬 강했으니, 방심할 수는 없었다.

'사이보그라…… 레벨만 얼추 250은 되려나.'

어려운 상대는 아니나 여러모로 까다로울 수도 있는 몬스터였다.

'작전의 시작은…….'

쐐애애액!

몰래 활시위를 걸던 아리수 길드원이 벽면에 걸린 CCTV를 먼저 박살 냈다.

작은 파괴음과 함께 바닥에 널브러진 그 잔해.

사이보그를 비롯한 기계들이 민감하게 반응했고, 강서준은 크게 뛰어 사이보그를 향해 검을 내질렀다.

[칭호, '기습의 선수'를 발동합니다.]
[기습에 한하여 공격력이 2% 증가합니다.]

채애애앵!

기습에도 꽤 유연한 얼굴로 대처하는 사이보그. 놈의 팔뚝에서 솟아난 검은 재앙의 유성검과 맞부딪쳐 불똥이 튀었다.

그리고 놈의 얼굴이 일그러졌다.

-인간이 둘……?

콰아앙!

어느새 접근한 또 다른 강서준이 파이어 익스플로전으로 사이보그의 옆구리를 폭발시켰다.

[스킬, '분신(S)'을 발동합니다.]

"모두 공격!"

"우와아아아아!"

숨어 있던 플레이어들이 일제히 함성을 지르며 달려 나온 건 그때.

사이보그를 돕기 위해 이쪽으로 접근하던 기계충을 비롯한 11마리의 기계들에게 공격이 쏟아졌다.

어느 곳을 노려야 할지 방황하는 기계들. 그리고 노동 중이던 물의 정령의 시선이 사방으로 비산했다.

그중 빙령들의 시선을 의식한 강서준은 일단 말없이 사이보그에게 집중하기로 했다.

-……인간. 감히 기계성을 상대로!

"시끄러."

한마디로 일축한 강서준은 노도와 같은 기세로 공격을 이었다.

하지만 사이보그도 쉽게 당하지만은 않았다.

[엘리트 몬스터 '사이보그 #53'이 스킬, '에너지 광선'을 발동합니다.]

놈의 눈에서 쏘아진 광선은 일직선으로 날아 강서준의 옆을 스쳤다. 초상비로 피하지 않았으면 꽤나 아팠을 공격이었다.

에너지 광선은 허공을 스쳐 지나가 던전의 벽에 구멍을 냈다.

파괴율이 0.2% 올라갔다.

고맙게도.

"좀 더 날뛰어 주면 좋겠지만……."

이어서 강서준은 수차례 놈의 외갑을 두드렸다. 슬슬 놈의 전선을 비롯한 뇌관이 눈에 보였다.

여기까지 왔으면 승부는 난 셈.

[스킬, '마력 집중(E)'을 발동합니다.]

[!]

[스킬, '마력 집중(E)'의 경험치가 한계를 넘어섰습니다.]

[스킬, '마력 집중(E)'의 등급이 '마력 집중(D)'이 되었습니다.]

참으로 빨리도 성장한다.

기분 좋은 메시지와 함께 한층 강력해진 마력을 휘두르며,
강서준은 사이보그의 심장을 공략했다.

벗겨진 외갑 사이에 드러난 로봇의 철제 심장!

기름이 터져 나오면서 서서히 사이보그의 붉은 눈빛이 사
그라들었다.

[엘리트 몬스터 '사이보그 #53'을 처치했습니다.]

[레벨이 올랐습니다!]

[레벨이 올랐습니다!]

[레벨이 올랐습니다!]

대량의 경험치를 비롯하여 레벨까지 올린 그는 검에 묻은
기름을 털어 내며 전투를 종료할 수 있었다.

머지않아 노역장엔 부서진 기계 잔해만이 나돌아 다니게
되었다.

전투를 마친 김영훈은 약간 안도의 기색을 내비치며 다가
왔다.

"생각보다 일이 쉽게 풀려 다행이오. B급 던전이라 그런지
경험치도 상당하고 말이오."

플레이어들은 정령을 선택한 게 불만이었던 표정을 지우
고, 지금은 꽤 만족한 얼굴이었다.

당연했다.

난이도는 이쪽이 더 어려웠으니 작은 일을 해도 큰 경험치를 챙겨 주는 게 드림 사이드의 룰이다.

강서준은 쓰게 웃었다.

"뭐 당장은 별일 없을 겁니다. 시나리오의 도입부이기도 하고 아직 더 높은 수준의 몬스터를 만난 건 아니니까."

그때 김영훈이 강서준의 눈치를 살폈다.

"……그대는 즐거운 표정은 아닌 것 같소. 행여 문제라도 있소?"

이 남자. 은근히 눈치가 빠르다.

강서준은 한쪽에서 미미하게 웃는 빙령과 안도하는 물의 정령을 살폈다. 그리고 만족하는 플레이어까지 봤다.

"문제야 있죠."

"……심각하오?"

"심각하다면 심각하겠죠?"

미간을 좁힌 강서준이 말했다.

부득이한 선택

"문제는 뿔뿔이 흩어졌다는 겁니다."

강서준의 말에 김영훈은 잠시 조용했다. 무슨 소리인지 제대로 이해하지 못한 걸까.

그는 더 세세하게 설명해 주기로 했다.

"우린 모두 떨어져 있고 제각기 주어질 상황도 다르다는 거죠."

"아……."

"네. 그게 문제가 될 겁니다."

왜곡은 던전 입장과 동시에 플레이어들을 던전 곳곳에 뿔뿔이 흩어지게 만드는 함정이다.

본래 드림 사이드 1이었다면 곤란한 함정은 아닐 것이다.

'인터넷이 있으니까.'

게임 속에서 흩어진들 플레이어들의 연락이 끊길 염려는 없다.

뭣하면 게임 커뮤니티에 들어가도 됐고, 같은 길드원이면 길드 톡방 같은 대화창이 열려 있을 테니까.

다른 프로그램을 이용하여 헤드셋으로 서로 대화를 할 수도 있을 것이다.

즉, 이전엔 이딴 함정으로 플레이어들이 골치 아플 이유가 없다. 다시 뭉치기까지 긴 시간이 필요하지도 않았다.

아예 헷갈릴 염려가 없는 것이다.

하지만 지금은……

'인터넷은 무슨. 서로 연락조차 어려운 게 현실이지.'

이렇듯 연락망이 끊긴 현실에선 서로 정보를 공유하는 방법은 오직 직접 만나는 것뿐이다.

한마디로 상황을 공유할 수 없고, 관련된 고민조차 어려웠다.

'선택지를 통일할 수도 없겠지.'

강서준은 그 점을 상기하며 나지막이 말했다.

"누구는 기계 공화국을 택하고, 누구는 정령을 택하겠죠. 모두가 같은 생각을 하진 않을 테니까."

그중 강서준은 대다수의 플레이어들은 '기계 공화국'을 선택할 거라고 확신했다. 아무래도 누가 봐도 쉬운 길이니까.

'2%의 파괴율…… 즉 2%의 성공 확률이란 소리.'

불리한 건 정령이다.

강서준은 쓰게 웃으며 옆에서 이미 그의 손아귀에 반파된 기계들을 쭉 둘러봤다.

해서 플레이어들은 불편한 현실을 직면하게 될 것이다.

"선택 한 번. 그것으로 우린 적이 되는 겁니다."

⬦

하지만 걱정은 나중 일이고, 우선 마주해야 할 건 무수한 퀘스트 보상이었다.

'역시 상황이 어려워도 챙겨 주는 건 또 남다르네.'

[레벨이 올랐습니다!]
[레벨이 올랐습니다!]
[레벨이 올랐습니다!]

무려 퀘스트 클리어 경험치로 강서준은 세 개의 레벨을 또 올렸다.

방금 사이보그 하나를 처치하면서 3을 올렸으니, 단번에 6 업을 해낸 것이나 다름없다.

그의 실제 레벨에 비해 상당히 높은 수준의 던전이었으니,

당연하다면 당연한 일이겠지만.

'그럼에도 6업은 놀라운 거야.'

그의 실제 레벨은 머지않아 200에 육박한다. 그쯤이면 제 아무리 수준 차이가 나는 몬스터를 사냥해도 레벨 업은 더욱 더뎌져야 정상인 법.

강서준은 다른 의미로 정령을 고른 선택에 만족할 수 있었다.

'이런 식이면 5개월의 공백도 금방 메우겠는걸.'

하지만 정령을 고른 게 다 좋은 일만 생기는 건 아니었다.

의외로 부차적인 보상에서 사소한 문제가 하나 발생하고 말았는데.

[칭호, '바다를 파괴하는 모험가'를 확인했습니다.]

[물의 정령이 당신을 싫어합니다.]

[보상, '정령왕의 호감'이 상당히 반감됩니다.]

[칭호, '바다를 파괴하는 모험가'의 특성이 상쇄됩니다.]

과거, 재앙의 유성을 공략하기 이전에 기름 바다를 불태워 버린 전적이 있다.

레벨 업을 위해서라지만 그 때문에 그는 '물의 정령'의 미움을 사고 만 것이다.

'마이너스에서 플러스를 더해 0이 된 모양인데…….'

따지고 보면 그리 나쁜 일은 아니었지만 괜히 '정령왕의 호감' 같은 큰 보상을 잃은 것 같았다.

아쉬움이 들었다.

……잠깐. 정령왕의 호감?

잠시 미간을 좁혔던 강서준은 문득 그에게 다가오는 한 인기척을 느낄 수 있었다.

"당신들은……."

기구의 열을 식히던 최상급 얼음 정령. 최상급 '빙령'이 강서준을 바라보고 있었다.

[엘리트 몬스터 '최상급 빙령 올라클'을 마주했습니다.]

보아하니 시나리오 영상 속에서 물의 정령왕인 '아쿠아'의 근처에 있던 측근 중 하나였다.

올라클은 살짝 고개를 숙였다.

"구해 주셔서 정말 감사합니다. 덕분에 기계의 마수에서 벗어날 수 있었어요. 혹시…… 아쿠아 님께서 계획하신 분들이 당신들인 겁니까?"

아쿠아의 계획이라.

분명 그녀는 기계성에 붙잡혀 들어갈 때 모종의 계획이란 게 있는 것처럼 보였다.

하지만 시나리오 영상 하나를 봤다고 그걸 알아차리기란

불가능.

무어라 답할까, 잠시 고민하던 강서준은 구태여 말할 필요가 없다는 사실을 깨달았다.

요점은 하나였다.

'우린 정령을 도와 퀘스트를 공략해야 하고, 저들은 우리의 도움이 필요해.'

그렇다면 괜히 사연만 갖다 붙여 봤자 말만 길어지는 법이다.

"글쎄요. 다만 아쿠아 님을 구하려는 목적은 같을 겁니다."

"······그렇습니까."

고개를 주억거린 올라클은 강서준의 말을 그저 그대로 납득하는 눈치였다.

당연했다.

이건 '시나리오 퀘스트'니까.

뭐든 적당한 상황만 갖춰진다면 서사는 자연스럽게 흘러가기 마련이다.

'무엇보다 이놈은······.'

강서준은 말없이 올라클을 바라보며 그가 할 다음 말을 기다렸다.

어쨌든 여기까지 얘기가 진행됐으면 다음으로 펼쳐질 내용은 하나밖에 없었다.

'연계 퀘스트.'

하지만 머리맡으로 돌연 붉은 빛이 터지면서, 사방으로 사이렌이 울리기 시작한 건 그때였다.

올라클은 다급하게 말했다.

"……발각됐군요. 일단 여길 피해야겠습니다."

앞서 나가는 올라클의 뒤를 쫓아 강서준은 일단 노역장을 벗어나 상층으로 이동할 수 있었다.

─────◆◆◆─────

이후로 일행은 바로 연계 퀘스트와 관련된 내용부터 전해들을 수 있었다.

"아쿠아 님은 현재 아르곤에 갇혀 계십니다. 기계성에서 가장 보안이 삼엄하기로 유명한 장소죠."

기계성의 감옥, 아르곤.

그곳으로 들어가려면 반드시 구해야 하는 아이템이 몇 개 있는데, 그걸 찾아내는 게 이번 연계 퀘스트의 목적이었다.

"가능하면 제가 직접 가져오고 싶지만…… 악랄한 기계 놈들은 정령은 절대 출입조차 어려운 곳에 물건을 숨겨 뒀더라고요."

아무렴 그렇겠지.

어깨를 으쓱이며 올라클의 뒤를 쫓는 강서준은 주변을 확인했다.

환풍구로 연결된 비밀 통로.

올라클이 몰래 감춰 두고 있던 기계성의 내부 설계 도면을 따라서 목적지로 이동하는 와중이었다.

"그래서 이곳에서 뭘 찾으라고요?"

"EMP칩요. 아르곤으로 잠입하려거든 그 보안부터 허물어야 해요."

"……용케 이놈들은 본인들을 무력화시킬 무기도 보유하고 있군요."

"기술의 발전이란 게 으레 그렇지 않겠습니까."

정령 주제에 의외로 핵심을 찌르는 말을 하고 있다. 강서준은 쓰게 웃으며 고개를 끄덕였다.

'하기야 다이너마이트나 핵무기를 개발한 지구인이 할 말은 아니겠어.'

어쨌든 환풍구 아래로는 기계성의 각종 무기를 보관하는 창고가 있었다. 올라클은 약간 우려하는 얼굴을 했다.

"사사로운 감정에 휩쓸려 다른 무기에 손을 대면 안 됩니다. 외부로 반출하는 즉시 사이렌이 울리니까."

그까짓 B급 던전의 잡템에 혹할까.

그가 안에서 찾을 건 오직 'EMP칩' 하나였고, 그걸 올라클이 준 특수한 기기에 넣어 오면 될 일이다.

그렇게만 한다면 사이렌은 울리지 않는다.

"그럼 저흰 망을 보고 있겠습니다."

[퀘스트 내용이 갱신되었습니다.]
['EMP칩'을 찾으세요.]

강서준은 환풍구를 열고 줄을 내려 조심스레 잠입 액션을
펼쳤다.
한편 내부로 진입하자마자 보이는 게 따로 있었는데, 과연
정령들이 침입할 수 없다는 이유가 그곳에 적혀 있었다.

['기계성의 비밀 창고'에 진입했습니다.]
[특수한 공간입니다. '마력'을 사용할 수 없습니다.]

'이래서⋯⋯.'
정령들의 몸은 실제 살과 뼈로 이루어지지 않았다. 오직
'마력'으로만 정형화된 개체.
자연에서 태어나 그 에너지가 뭉쳐 생겼다는 특징을 가진
게 바로 '정령'이 아니던가.
'이곳으로 들어오는 즉시 정령은 공중분해되겠지.'
인간이 산소가 봉인된 장소에 진입하면 어찌 될까. 결국
질식해서 죽는 수밖에 없다.
"일단 흩어져서 찾아보도록 하죠."

비밀 창고 내부는 생각보다 많은 물건이 보관되어 있었다. 광선검, 광선총…… ×라에몽 주머니처럼 각종 첨단 무기들이 가득했다.

아크의 과학자들에게 가져다주면 기함을 토할 법한 물건들도 더러 있었다.

'……나중에 정식으로 팀을 꾸려 여긴 반드시 털어야겠네.'

단순히 게임이었다면 그다지 유용해 보이지 않을 B급의 아이템들일 것이다.

상점행에 적합한 놈들.

한데 왜 게임에선 NPC들이 이 잡템들을 구매했는지 새삼스레 그 이유를 알 수 있었다.

'이것들을 아크로 가져간다면 아마 생활 전반적으로 대대적인 변화를 이끌어 낼 거야.'

모르긴 몰라도 지구의 과학 수준을 몇 세대는 단번에 건너뛰게 만들지 않을까.

그만큼 첨단 과학의 기술이었다.

"허…… 이것은."

김영훈은 한쪽 벽에 걸린 도검을 보며 입맛을 다셨다. 멋스럽게 생긴 장검은 한눈에 봐도 명검이라는 게 확 티가 났다.

실제 그 등급도 무려 A급.

"퀘스트에 집중해요."

"우, 우려할 필요 없소."

따끔하게 한마디를 한 강서준이었지만 그조차 눈독 들일 만한 아이템을 발견하고 말았다.

이게 왜 여기에 있는지 모르겠는데.

물의 정령의 정수

"……이거 탐나잖아."

공교롭게도 그가 가장 찾는 아이템이 어떤 기계 속에 봉인되어 있었다.

'이걸 가져가면…….'

비록 시나리오 퀘스트는 초입부터 실패할 테지만, 적어도 원하는 아이템은 바로 구하는 것이다.

나아가 이 던전만 제때 탈출할 수만 있으면 진백호를 살리는 건 일도 아니겠지.

'문제는 던전을 탈출하려면 시나리오 퀘스트를 어느 정도 공략해야 한다는 건데…….'

눈앞의 이 아이템은 빛 좋은 개살구요, 그림의 떡이다. 가져갈 수 없는 아이템이었다.

젠장.

"찾았습니다!"

한창 고민을 잇는 와중에 아리수 길드 쪽 인원으로부터

EMP칩을 찾았다는 소식을 들었다.

아쉬움을 달래고 겨우 고개를 돌렸다.

'그래. 퀘스트를 공략하다 보면 얻을 아이템이야. 여기서 사사로운 감정에 흔들려서는…….'

해서 미련을 털어 내고 EMP칩이 있는 곳으로 다가간 강서준.

다들 아쉬운 얼굴이었지만 애써 욕심을 털어 내는 눈치에 강서준도 완전히 생각을 접어 버리려는 그때였다.

위이이이잉!

돌연 주변에서 사이렌이 터지면서 비밀 창고 내부로 붉은 빛이 강렬하게 점멸했다.

시선을 받은 플레이어들은 고개를 가로저었다.

"저, 저희들은 아무것도……."

"끄응…… 원래 이런 흐름이었을까요. 처음부터 걸리는 게 시나리오였을지도 모르겠어요."

시나리오 퀘스트엔 어느 흐름이란 게 있다. 플레이어의 역량에 따라 그 흐름을 바꿀 수도 있겠지만 초입부터 전개를 뒤트는 건 어려운 일.

결국 뭔 짓을 해도 강서준 일행은 이곳에서 기계성의 몬스터에게 걸릴 예정이었단 거다.

'그렇다면…….'

강서준은 눈을 빛내며 말했다.

"챙겨요."

"네?"

"기왕 걸린 거 아이템 전부 쓸어 담으라고요!"

그렇게 말하고는 재빠르게 '물의 정령의 정수'부터 챙겼다. 다른 플레이어들도 강서준의 의도를 파악하고 점찍어 뒀던 놈들 위주로 싹쓸이를 시작했다.

물론 긴 시간을 쓸 수 없기에 다들 갖고 싶었던 물건을 위주로 챙기는 수준에 불과했다.

나머지는 고롱이의 몫이다.

"전부 먹고 바로 따라와."

['고롱이'가 정말 그래도 되냐고 눈을 번뜩이며 묻습니다.]

고개를 끄덕인 강서준은 줄을 잡고 환풍기로 돌아갔다. 그곳엔 노심초사한 얼굴로 기다리던 올라클이 있었다.

"어, 얼른 빠져나가죠. 사이보그들이 몰려옵니다."

그대로 환풍구를 따라 빠르게 도주를 개시했다. 하지만 이번엔 기계성의 추격을 뿌리치긴 어려웠다.

그들이 향한 곳엔 이미 대규모의 사이보그들이 갖가지 무기를 쥐고 경계를 펼치고 있었으니까.

강서준은 그쪽으로 발을 디디면서 눈앞에 떠오른 메시지 하나를 확인할 수 있었다.

[새로운 퀘스트가 도착했습니다.]

결국 여기까지 도망치는 것까지 시나리오 일부였던 건가.

뒤늦게 배를 두드리며 날아오는 고롱이까지 확인한 강서준은 낮게 한숨을 내뱉었다.

기계성의 사이보그들이 철컥, 총알을 장전했다.

그리고.

"……강서준 씨."

사이보그 사이에서 놈과 마찬가지로 이쪽으로 총구를 겨눈 최하나, 그리고 수많은 아크의 플레이어들을 마주할 수 있었다.

❖

'부득이한 선택'이란 게 있다.

마지못하여 하는 수 없이 해야만 하는 일.

어느 날, 갑자기 세상이 게임이 되어 몬스터와 싸워야 했듯, 추락하는 달을 막기 위해 우주선에 탑승해야 했듯.

부득이한 상황에서 인간은 아마 한정된 선택지에서 그저 최선을 다하는 수밖에 없을 것이다.

최악의 선택지만 있다면 그나마 덜한 쪽을 골라야 한다.

왜 그래야 하냐고?

원인을 따지자면 수만 가지가 있겠지만 아마 가장 큰 이유는 하나일 것이다.

'약하니까.'

해서 지금도 그렇다.

"강서준 씨……."

최하나가 왜곡으로 이동된 곳은 하필 강력한 사이보그가 천지에 깔린 중층부.

그녀를 비롯한 플레이어들은 레벨 250을 넘나드는 사이보그 사이에 둘러싸여 선택을 강요받았다.

아니, 그들에겐 '정령'이란 선택지 자체가 없었다.

기계성의 퀘스트를 공략하느냐, 아니면 그 자리에서 집중 포화를 받아 목숨을 잃느냐.

그들의 선택은 부득이했다.

강서준이 물었다.

"그 목걸이…… 장식은 아니겠죠."

최하나는 유난히 자신의 목을 감싼 차가운 기기를 의식하며 대답했다.

"네. 보다시피 개목걸이죠."

"흐음……."

그가 침음을 흘리는 사이, 최하나의 눈앞으로는 또 하나의 부득이한 선택지가 나타나 있었다.

[새로운 퀘스트가 도착했습니다.]

퀘스트 – 기계성 보수 공사

분류 : 시나리오
난이도 : B
조건 : 당신은 기계성을 망가트리는 정령 일당을 발견했습니다. 적들을
　　　 섬멸하여 본인의 쓸모를 증명하시오.
제한 시간 : 1시간 이내
보상 : 기계성의 보안 등급 상승
실패 시 : 사망
*기계성은 기계 공화국의 핵심적인 기계입니다. 파괴 시, 퀘스트의 난이
도는 대폭 상승합니다.
*현재 기계성의 파괴 상태는 2.2% 미만입니다.

아마 강서준도 정령에게 퀘스트를 받았을 것이다. 그나마
'폭탄 목걸이'를 착용하질 않는 걸 보면 강제성을 가지진 않
은 듯해서 다행이지만.

최하나는 쓰게 웃으며 말했다.

"미안해요. 발목만 잡네요."

"……뭘요. 게임이 원래 그 모양인 걸 누굴 탓하겠습니
까."

구태여 사정을 설명하질 않아도 강서준은 최하나의 상황
을 이해하고 있을 것이다. 눈치가 빠른 사람이니까. 그녀가
앞으로 할 행동도 충분히 납득할 것이다.

"설렁설렁 하진 못해요. 그 또한 알아채는 것 같거든요."

"알아요. 전력으로 오세요."

최하나는 강서준에게 받은 마탄의 라이플을 꺼내어 장전했다.

한편으로는 이런 생각도 들었다.

'과연 지금의 나는 강서준 씨의 어디까지 닿을 수 있을까.'

사이코패스가 되어 싸웠던 기억은 생생했다. 5개월의 공백 따위는 느껴지질 않는 강함.

강서준은 여전히 강했다.

그 때문에 호승심이 절로 일어났다.

제정신일 때 전력으로 싸운다면, 과연 그를 어디까지 몰아붙일 수 있을까. 그녀의 수련도 가볍진 않았다.

최하나는 애써 머리를 털어 상념을 지웠다.

'뭐가 됐든 퀘스트의 실패 페널티가 사망이야. 제대로 싸우질 못한다면 이 목걸이는 터지겠지.'

그러니 최선을 다해 강서준을 공격해야 했다. 그녀와 함께하는 기계성의 퀘스트를 받아야 했던 플레이어들도 대개 그럴 것이다.

어쩔 수 없다.

죽고 싶지 않으면 동료를 향해 칼을 빼어 들어야만 하는 상황이었다.

"……부디 잘 부탁드립니다."

약간의 호승심과 민폐라는 미안함이 뒤엉킨 가운데.

강서준과 최하나.

본격적인 전투가 시작되고 있었다.

강서준은 그들을 포위한 사이보그, 이어서 일련의 플레이어까지 한눈에 담았다.

그리고 바로 납득했다.

'골치 아프게 됐네.'

드림 사이드에서 B급 던전은 몬스터의 지적 능력도 상당 수준으로 올라가기 마련이다.

그 때문에 꽤 주요하게 작용하는 게 바로 '우호도'란 시스템이었다.

상급 정령 올라클처럼 입장 자체가 난처한 쪽이 아니라면, 쉽게 외부인을 그들의 편으로 받아들이질 않는 게 B급 던전의 특징이라면 특징.

기계성의 진정한 동료가 되려면 그에 따른 '우호도'를 쌓을 필요가 있다.

'쌓는 법은 간단해.'

퀘스트를 클리어하고, 저들이 원하는 걸 몇 가지 수행하다 보면 자연스레 저들의 시나리오에 합류하게 된다.

문제는 그 적이 강서준이라는 것이고.

'저딴 식으로 목에 족쇄부터 채워 놓고 시작한다는 거겠지.'

류안으로 보건대 저 목걸이는 단순한 장식이 아니다. 최하나가 '개목걸이'라고 비유한 걸 보면 선물도 아닐 것이다.

'안쪽의 흐름이 비정상적으로 뭉쳐 있어. 설마…… 폭탄인가.'

기계 공화국이란 이름을 가진 던전이었다. 등장하는 적들은 기계충부터 사이보그, SF 영화에 출연할 법한 놈들이 대다수였다.

폭탄 목걸이가 있다 해도 이상하지 않았다.

"……부디 잘 부탁드립니다."

참담한 얼굴로 총을 장전하는 최하나를 볼 수 있었다.

그녀는 진심으로 그를 죽이겠다는 듯 눈에 살기를 담았다. 사이코패스가 됐던 그녀의 모습이 오버랩되고 있었다.

아니, 그보다 위험했다.

아무래도 그녀는 '저격총'을 들고 있으니까.

그녀의 진가는 거기서부터 시작된다.

'무엇보다 너무 침착해졌어. 아마 본래 실력의 100%를 발휘할 거야.'

저 폭탄 목걸이가 어떤 방식으로 작동하는지는 몰라도, 최하나가 진심을 다해 그들을 공격해야 하는 이유가 있는 것이다.

즉 전력의 최하나를 상대로 싸워야 한다.

'다른 플레이어도 전부……'

던전에 난입한 플레이어 대다수가 기계성의 포로가 된 것이다. 울 것 같은 얼굴로 김영훈을 바라보는 아리수 길드원도 눈에 훤했다.

김영훈도 곤란한 표정이었다.

"……갑니다."

상황은 걷잡을 수 없이 안 좋은 방향으로 흘렀고, 최하나는 일순 신기루처럼 눈앞에서 사라졌다.

순간적이지만 시야에서 놓친 것이다.

[스킬, '위기 감지(A)'를 발동합니다.]

채애앵!

정확하게 측면을 노리고 날아온 마탄!

날아오는 궤도 따위는 없다.

'공간이동탄…… 진심이구나.'

이를 악문 강서준은 그를 향해 날아오는 수 개의 마탄을 튕겨 냈다.

그건 시작에 불과했다.

마탄의 사수 '클라크'가 가장 무서운 점은 그 저격이 어디에서 시작하는지 모른다는 것.

그를 중심으로 빗발치는 총알 세례는 사방을 점하고 끝도 없이 펼쳐지고 있었다.

'이대로 그녀의 흐름에 말리면 안 돼. 어떻게든 최하나부터 무력화시켜야 해.'

머릿속으로 여러 방법이 스쳐 갔다. 하지만 당장 통용시킬 방법을 찾긴 요원했다.

'베스트는 EMP칩을 활용하는 건데.'

EMP칩은 본래 아르곤이란 감옥을 무력화시키기 위해 찾아낸 퀘스트 아이템이다.

그 성능이라면 '폭탄 목걸이'쯤은 간단히 무력화시키지 않을까?

문제는 그게 여기서 쓰일 게 아니라는 거다.

'당장 던전을 공략할 게 아니라 굳이 써야 한다면 쓸 수는 있겠지만……'

근본적인 해결책도 아니었다.

최하나 한 명을 무력화시켜도, 그 이외의 플레이어들은 폭탄 목걸이를 착용하고 있질 않은가.

반면 EMP칩은 일회용이다.

"강서준 씨…… 방심하지 말라니까요."

나지막이 들려온 목소리를 뒤따라 그를 향해 빗발치는 마탄을 볼 수 있었다.

터무니없지만 어느덧 그의 주변으로 수십, 아니 수백 개의 마탄이 빙글빙글 돌고 있었다.

'이래서 최하나 씨랑 싸우는 건 피곤했었는데.'

게임에서도 그랬다.

클라크를 상대할 때는 늘 그의 손가락이 아플 정도로 키보드를 마구마구 눌러 줘야 한다.

수시로 쏟아지는 총알과, 뒤늦게 도착하는 총알, 공간을 가르고 나타나는 총알……

무수한 총알이 그를 죽이겠다고 달려드는 상황에서 여유로울 수는 없었다.

[장비 '도깨비 왕의 감투'의 전용 스킬, '이매망량'을 발동합니다.]

애써 영혼을 휘감은 강서준은 총알 세례를 강제로 뚫기로 했다. 그리고 류안으로 주변의 거센 흐름을 모조리 읽어 들였다.

몸이 엿가락처럼 늘어나면서 돌진을 감행한 건 그때.

[스킬, '마력 집중(D)'을 발동합니다.]
[스킬, '초상비(F)'를 발동합니다.]

고속으로 이동한 강서준이 나타난 곳은 바로 최하나의 뒤였다.

그녀의 눈동자가 느리게 쫓아왔고, 강서준은 그 틈에 재앙의 유성검으로 그녀의 목덜미에 있는 '폭탄 목걸이'를 노려봤다.

　파지지짓!

　재앙의 유성검에 살짝 닿은 폭탄 목걸이로부터 심상치 않은 소음과 파동이 일어났다.

　강서준은 화들짝 놀라며 검을 뒤로 뺐고, 동시에 그를 향해 쏟아지는 마탄을 피해 이리저리 몸을 움직였다.

　'목걸이 자체를 공격할 순 없겠어.'

　최하나도 씁쓸하게 웃었다.

　"저도 시도해 봤어요. 이거 직접 공격하면 터지겠더라고요."

　"……번거로운 물건이네요."

　한숨을 삼킨 강서준을 그를 쫓아 날아오는 마탄을 다시 격추시켰다.

　그나마 다행인 건 당장 이 전투에 사이보그들이 관여하질 않는다는 것이다.

　'플레이어의 진의를 파악하기 위한 증명 과정 같은데……
불행 중 다행이지 뭐.'

　사이보그까지 감당해야 했다면 안 그래도 열세였던 강서준 쪽은 진즉에 파멸했다.

　타타타타탕!

상당한 소음과 함께 강서준은 어느덧 주변이 새빨갛게 물든다는 착각을 깨달았다.

번 블러드가 가미된 핏빛 마탄.

"강서준 씨. 누누이 말하지만 진짜 죽을 수도 있어요."

그 말에 진심을 느낀 강서준은 이를 악물고 이매망량을 극성으로 발동했다.

도깨비갑주의 외갑이 두께를 늘렸다.

곧 폭격이 시작됐다.

쿠쿠쿠쿠쿵!

문제는 감투 속에 숨겨 둔 영혼의 개수가 이젠 얼마 남질 않았다는 것이며.

종종 파이어볼을 운영해서 원거리 격추를 하더라도 최하나의 마탄보다는 그 숫자가 압도적으로 적다는 점이다.

결국 이매망량은 구멍이 뚫렸고, 그의 몸에도 구멍이 송송 뚫려 피가 주룩 흘렀다.

"크윽……!"

강서준은 호흡을 가다듬으며 겨우 마탄의 세례에서 벗어났다.

[스킬, '초재생(F)'을 발동합니다.]

'이대로는 끝이 없어. 결국 최하나를 쓰러트리는 것 말고

는 방법이 없는 걸까?'

　그때 강서준의 시야에 수호 길드의 탱커 '박동수'와 진리의 추구자의 '고민준'을 상대로 싸우는 '김영훈'이 보였다.

　아리수 길드의 '김영훈'.

　불현듯 아이디어가 떠올랐다.

　'……어쩌면 가능할지도.'

　시도해 보진 않았지만 생각할수록 기가 막힌 방법이다. 성공만 한다면 이 상황을 당장 뒤집을 수 있으리라.

　"그럼 일단…….'"

　강서준은 다시금 그의 주변을 감싸는 마탄을 확인하며, 그가 가진 비장의 스킬을 하나 꺼냈다.

　[스킬, '분신(S)'을 발동합니다.]

　눈앞에 생성된 건 두 개의 분신.

　도합 세 명의 강서준은 쏟아지는 마탄을 베어 나갔다. 도깨비갑주 대신 분신이 마탄에 짓이겨 터져 나갔다.

　최하나가 말했다.

　"……이거 데자뷔가 느껴지네요."

　강서준은 쓰게 웃으며 넝마가 된 두 분신과 눈을 마주쳤다. 아무래도 분신들이다 보니 작전을 공유할 필요는 없었다.

　모두 떠올린 생각은 같다.

"나머진……."

두 분신은 마탄을 튕겨 내며 최하나를 향해 접근했다. 그녀도 응수하여 더욱 힘을 쏟아 냈지만 단번에 두 명을 상대하느라 잠깐 당황하는 눈치였다.

하지만.

'분신은 내 전력을 못 따라와. 최하나 씨도 금세 파악해 내겠지.'

아주 잠깐일 것이다.

그녀라면 분신 둘 정도는 어렵지 않게 이겨 낼 것이며, 다시 강서준을 향해 날카로운 총격을 이을 것이다.

강서준은 호흡을 가다듬었다.

'……잠깐이면 충분해.'

강서준은 바로 초상비를 발동하여 다른 쪽 전장으로 내달렸다.

수호 길드의 박동수가 김영훈을 향해 방패를 휘두르고 있기에, 그곳에 난입하며 거칠게 그 큰 덩치를 멀리 튕겨 내 버렸다.

"크허억!"

한 번의 충돌로 나자빠진 박동수를 일별하고, 마법사인 고민준에겐 파이어볼을 던졌다.

실드로 막았지만 그 뒤를 따라 나타난 강서준의 주먹까지 막을 수는 없었다.

얼굴이 일그러지면서 고민준도 한쪽으로 멀리 나자빠졌다.

　"가, 강서준 씨?"

　거친 숨을 몰아쉬며 온몸을 피로 칠갑한 김영훈은 황망한 눈을 떴다.

　강서준은 그를 향해 말했다.

　"헌혈…… 당신 헌혈 좀 합시다."

헌혈

강서준은 현 상황에 대한 문제점을 하나로 요약했다.

'내가 부족하기 때문이야.'

종종 어떤 공략도 통하지 않을 때는 지극히 단순하게 '레벨'이 문제일 수도 있는 것이다.

특히 RPG 게임이라면 더더욱.

제아무리 플레이어의 기량이 뛰어나도 레벨이나 장비가 부족하면 난이도는 더 올라가는 법이다.

강서준이 S급 던전 '용의 무덤'의 공략을 실패했던 그날처럼.

'용의 무기가 없다는 이유로 죽이지 못했어.'

당시의 그에게 부족한 건 '용의 장비'라는 정보였다. 전투력은 충분히 용을 쓰러트릴 수 있는 정도였으니까.

'지금 내게 부족한 건 레벨이겠지.'

5개월의 시간 차이는 적지 않다. 아이크가 조정해 줬다고는 해도 손해는 있을 수밖에 없다.

해서 성장한 최하나를 쉽게 무력화시키질 못했고, 다른 플레이어는 물론 사이보그를 쉽게 감당해 낼 역량도 없는 것이다.

이러지도 저러지도 못하는 진퇴양난의 상황이 있다면 바로 지금이라고 말할 수 있겠지.

'……그렇다면 레벨 격차를 줄여야 해.'

강서준은 재앙의 유성검을 빠르게 허리벨트에 수납하면서 김영훈을 바라봤다.

[장비, '재앙의 허리벨트'에 보관된 에너지를 사용하시겠습니까?]

'모두 사용한다.'

[장비, '재앙의 유성검'의 수준이 조정됩니다.]

그의 허리벨트에서 재앙의 유성검이 트림이라도 하듯 꽤 큰 떨림이 생겨났다. 강서준을 바라보는 김영훈의 시선엔 의문이 가득했다.

"바, 방금 뭐라고 했소?"

"헌혈 좀 하자고요. 아주 잠깐이면 됩니다. 당신의 피를 저에게 조금만 주시죠."

"아니, 갑자기 그게 무슨……."

강서준은 김영훈을 향해 말했다.

"절 돕겠다고 했죠? 절 믿는다고 했고요. 당신에게 손해 가는 일은 없을 겁니다. 부디 제 말을 따라 주세요."

"이 상황을 타개할 방법이 있는 겁니까?"

강서준은 고개를 끄덕였다. 그러자 말없이 그를 바라보던 김영훈도 긍정의 의사를 밝혀 왔다.

"……알겠소. 당신을 믿겠소."

여차하면 강제로 그의 팔뚝을 슬쩍 베어 피를 훔칠 생각도 했지만, 결국 그 말을 따라 주는 김영훈 덕분에 그럴 필요는 없었다.

고마운 일이다.

"이제 어쩌면 되오?"

"그대로 있어요. 정신 잘 붙들고."

허리벨트에서 빼낸 재앙의 유성검은 핏빛으로 가득 물들 었다. 그걸로 김영훈의 팔뚝을 살짝 찌르자 붉은 핏빛 위로 새로운 피가 흡입되고 있었다.

"크으윽!"

"미안하지만 나중에 다 갚을 테니, 좀 참아요."

"아, 알겠소!"

[장비 '재앙의 유성검'의 전용 스킬, '블러드 석션'을 발동합니다.]
[장비, '재앙의 유성검'의 등급을 확인했습니다.]
[전용 스킬, '블러드 석션'의 특수 효과를 발동합니다.]

강서준은 빠르게 나타난 목록을 읽었다. 예상했던 대로 한시적으로 등급은 신화급이 되어 있었다.
그리고 신화급의 '재앙의 유성검'은 강서준이 원하는 기능을 한 가지 발휘할 수 있었다.

[당신은 한시적으로 상대의 스킬을 빼앗을 수 있습니다.]
[스킬 목록을 불러옵니다.]

[조선제일검(A)]
[조선의 명사수(D)]
[작두 타기(C)]
……중략……
[빙의(S)]

가히 한 길드의 장이라 불릴 법한 다양한 스킬 중, 강서준이 바로 꺼내 든 스킬은 하나였다.

[스킬, '빙의(S)'를 강탈했습니다.]

[한시적으로 '빙의(S)'를 사용할 수 있습니다.]

강서준은 약간의 빈혈기를 보이는 김영훈에게 상급의 포션을 던져 줬다. 그리고 다시 전장으로 시선을 돌리면서 재앙의 유성검을 꽉 쥐었다.

이것으로 재료는 완성됐다.

'이제 남은 건 내 계획대로 스킬이 발동하냐는 건데…….'

이후 '영안'으로 확인한 강서준은 두 눈에 훤히 보이는 영혼에 미소를 지을 수 있었다.

계획은 성공할 것이다.

재앙의 유성검.

강서준이 드림 사이드 1에서 500레벨까지 꽤 잘 쓴 아이템.

또한 용의 무덤에서 결코 죽일 수 없는 용을 상대로 꽤나 선전할 수 있도록 그를 도운, 그만의 전용 장비였다.

어떻게 그럴 수 있었을까.

아마도 재앙의 유성검이 허리벨트를 만나, 신화급으로 한시적으로 성장했기에 가능했을 것이다.

그 스킬은 너무 파괴적이니까.

'피를 머금어 상대의 스킬을 일시적으로 강탈하는 능력.'

그 때문에 강서준은 용의 스킬을 강탈해서 그것으로 싸웠다. 비록 '용의 무기'가 아니기 때문에 패배해 버렸지만, 용을 상대로 꽤 비등비등한 싸움을 해내질 않았던가.

'한마디로 어떤 스킬을 강탈하느냐에 따라 이 무기의 활용도는 무궁무진해진다는 거지.'

'도서관 사서'라는 직업을 가졌고, 어떤 스킬이든 배울 수 있으며, 때로는 만들기까지 하는 자.

케이의 무궁무진한 가능성을 더더욱 꽃피우게 만든 장비라 할 수 있었다.

그리고.

'빙의라면 충분해.'

강서준은 거두절미하고 재앙의 유성검이 머금은 '빙의'를 발동시켰다.

어떤 영혼을 검에 빙의시킬지는 이미 '영안'으로 봐 뒀다.

대답에 응할지는 잘 모르겠지만.

'응할 거야. 놈이 응하지 않고 배겨?'

예상대로 빙의 스킬에 이끌려, 재앙의 유성검에 깃든 한 영혼을 바로 마주할 수 있었다.

터무니없지만 그놈은 강서준도 잘 알고 있는 영혼이었다.

[스킬 '빙의(S)'에 의해, '재앙의 유성검'에 '정령왕 아쿠아(B)'가 깃들었습니다.]

핏빛 검신 위로 살짝 푸른 물결이 일었다. 정령왕 아쿠아가 제대로 깃들었다는 증거였다.

아쿠아는 당황스러운 목소리로 말했다.

－……어떻게 날 알아차렸죠?

"증거는 처음부터 넘쳤으니까요."

－증거?

아쿠아는 영문도 모른 채 강서준을 올려다봤다. 이에 강서준은 어깨를 으쓱일 뿐이었다.

'김영훈에게 알 수 없는 영혼이 하나 더 깃들었다는 건 이미 봐 뒀으니까.'

일전에 김영훈에게 깃든 영혼이 무언지 확인하려고 영안을 사용했을 때, 기이한 영혼 하나를 발견했다.

당시엔 김영훈이 비장의 수로 숨겨 둔 영혼인가 했는데…….

이후 시나리오 영상을 봐 버렸다.

그곳에서 깨달았다.

'시나리오 영상이 너무 세세하더라니. 당사자가 아니고서야 그런 퀘스트를 어떻게 만들어.'

시나리오 퀘스트에도 시나리오 영상의 발동 조건은 반드

시 '화자'가 필요한 법이다.

누군가가 그 이야기를 말해 줘야 한다.

한데 기계 쪽 스토리는 오직 '보수 공사'라는 명목으로 등장했고, 정령 쪽은 과거 스토리까지 영상으로 봤다.

그게 무얼 뜻하겠는가.

'화자가 근처에 있다는 거지.'

그게 올라클일까? 강서준은 영상 속에 등장한 아쿠아를 보자마자 알아차렸다.

화자는 '정령왕'이다.

김영훈에게 달라붙은 영혼이 바로 그곳에 있었으니까.

'게다가 퀘스트 보상이 정령왕의 호감이었지. 너무 티가 나잖아.'

일면식도 없는 정령왕이 정령을 구했다는 이유로 호감을 가진다? 이상하지 않은가.

아쿠아는 겨우 상황을 이해하더니 물었다.

─그래서 이제 어쩌려고요?

"당신의 힘을 빌려야죠. 그러려고 빙의를 쓴 거 아닙니까."

─……제 힘을 빌린다고요?

아쿠아는 던전의 보스급에 해당하는 몬스터일 것이다.

비록 빙의를 사용한다 해도 강서준의 수준에 걸맞은 힘만을 발휘할 수 있겠지.

결국 한계가 있다.

하지만 본질적인 힘의 차이가 있다.

'개미의 200레벨과 코끼리의 200레벨이 같겠냐고.'

무엇보다 강서준은 물의 정령이 가진 특수성을 상기해 냈다.

'원래 기계는 물 먹으면 고장 나는 법.'

어째서 물의 정령이나 얼음의 정령의 목엔 최하나의 목에 걸린 '폭발 목걸이'가 없었을까.

이유는 하나다.

통하지 않으니까!

정령들이 기계의 명을 따라야 했던 이유는 아마 다른 쪽이다.

오직 그들의 정령왕이 붙잡혔기 때문이고, 정령왕이 대항하지 말라고 명을 내렸던 탓이다.

한편 정령왕은 비웃음을 머금었다.

－웃기는군요. 당신 따위가 내 힘을 빌린다고요?

"그게 왜 웃기죠?"

－전 정령왕입니다. 감히 인간 따위가 다룰 수 있는 존재가 아니라 이 말이죠.

"……검에 빙의된 주제에 말이 많네."

강서준은 아쿠아의 말을 싹 무시하며 재앙의 유성검을 휘두르려 했다. 그 속에 담긴 아쿠아의 영혼이 그의 의지를 부정하더라도 아마 사용할 수 있을 것이다.

이미 빙의된 이상, 그녀는 이 검에 묶여 있었으니까.

적어도 '빙의'가 김영훈에게 돌아가기 직전까지는 말이다.

-잠깐. 제 말은 귓등으로도 안 듣는군요.

"왜 자꾸 방해해요? 처음부터 절 도와주려고 빙의한 것 아니었습니까?"

아무래도 정령은 강서준의 편일 것이다. 일전에 그를 싫어했던 칭호 효과도 진즉에 파기했다.

적어도 그에게 나쁜 감정은 없어야 정상인데.

-방해하는 게 아니라, 우려를 하는 거죠. 당신을 비하할 목적은 아닙니다. 한데 정말…… 정말 당신이라는 존재가 망가질 수 있어서 하는 말입니다.

아쿠아의 진지한 태도에 강서준은 나지막이 고개를 끄덕이며 아쿠아의 말을 재촉했다. 슬슬 최하나를 감당해 내던 분신들이 죽어 나갈 태세라 오래 시간을 끌 수는 없겠지만.

-아마 당신의 영혼이 버티질 못할 거예요.

"제 마력의 한계에 해당하는 힘만을 사용할 텐데요."

-마력이 문제가 아닙니다. 영혼의 격이 다르다는 겁니다.

아쿠아는 한숨을 삼켰다.

-제 입으로 몇 번이나 이런 말 하긴 뭣하지만…… 저 '정령왕'입니다. 일개 인간이 다루기엔 과할 정도로 상급의 존재라는 거죠.

정리하자면 '인간의 그릇'으로는 '정령왕'을 사용하기엔 무리라는 것이다.

그대로 정령왕의 힘을 이용한다면, 재앙의 유성검이고 뭐고 그의 영혼부터 박살 난다는 얘기였다.

아쿠아는 단념하듯 말했다.

－제가 괜히 저자의 근처에만 머물었겠습니까. 빙의를 하지도 못하고 숨어 있기만 한 이유가 뭐겠습니까.

김영훈의 몸에 빙의를 한 순간, 그대로 김영훈의 그릇은 깨져 버리기 때문이었다.

그만큼 김영훈은 아쿠아를 담기엔 모자랐고, 레벨, 역량…… 모든 것이 부족했다.

하지만.

"당신은 당장 사념이라 그런지 시력도 나빠진 듯하군요."

－……네?

"나중에 아르곤에서 직접 만나게 돼야 이해하시려나. ……영혼의 수준? 똑바로 보세요. 아쿠아."

여전히 영문을 몰라 하는 아쿠아였지만 더 설명해 줄 필요도, 여유도 없었다.

강서준은 아쿠아의 힘을 본격적으로 끄집어냈다.

－자, 잠깐! 이러면 당신의 몸이……!

츠츠츠츳!

아무런 무리 없이 재앙의 유성검 밖으로 흘러나온 푸른 물결은 점차 그 힘을 강대하게 키워 나갔다.

강서준의 마력이 허락하는 그때까지.

점차 물결은 파도가 되고, 넘실거리는 파도는 쓰나미가 되었다. 기계성의 퀘스트를 진행하던 플레이어를 덮치기까지 오랜 시간이 필요하지 않았다.

거대한 물결에 휩쓸린 플레이어들이 이리저리 나부끼다 바닥에 널브러진 것이다.

"으으으……."

큰 대미지는 없었다.

다만 예상대로 아쿠아의 힘은 기계를 무력화시키기엔 충분했다.

ー어, 어떻게 인간 따위가 내 힘을.

황당하다는 음성이 귓가를 때렸지만 예상하던 상황이었다.

정령왕을 담을 수 없을 거라고?

영혼의 수준이 안 맞는다고?

웃음이 나온다. 드림 사이드 1에 다녀오면서 유일하게 너프당하지 않은 게 있다면 바로 '영혼의 격'이다.

'케이'라는 절대자의 경험 말이다.

그게 강서준의 영혼의 격을 대단히 높여 놨고, 어쩌면 당장 이 세계의 그 누구보다 그 격은 높을 것이다.

정령왕의 진체가 강서준의 몸에 강림해도, 그의 영혼엔 티끌도 대미지를 입힐 수 없다.

케이는 그런 존재였다.

"됐고…… 제대로 돕기나 해요. 무작정 물보라를 일으킨다고 적들을 무찌를 수 있진 않잖아요."

먹먹해진 폭탄 목걸이를 툭툭 건드리다 이내 부숴 버린 최하나는 씨익 웃으며 그의 곁에 섰다.

상대편에 붙었던 플레이어들도 이내 안심하며 강서준 쪽으로 들러붙었다.

하지만 전세가 역전된 건 아니었다.

고작 기계에 물 좀 먹인다고, 상위 레벨의 사이보그들이 쓰러지진 않으니까.

무엇보다.

[엘리트 몬스터 '사이보그 #21'을 마주했습니다.]

적들은 아직 남아 있다.

⸎

[정령왕 '아쿠아'의 전용 스킬, '쓰나미(S)'를 발동했습니다.]

[스킬의 수준에 비해, 플레이어 '강서준'의 마력이 현저히 부족합니다.]

['쓰나미'의 영향이 국지적으로 제한됩니다.]

푸른 물결은 기계성의 한쪽을 단번에 휩쓸었다. 일말의 여지없이 도달한 쓰나미는 플레이어를 비롯하여 사이보그를 적셨고.

딱 그 정도의 효과를 발휘했다.

[정령왕 '아쿠아'의 전용 스킬, '쓰나미(S)'의 효과로 인하여 '폭탄 목걸이'가 망가졌습니다.]

한편 재앙의 유성검 속에서 이 모든 일을 지켜보던 아쿠아는 황망한 목소리로 말했다.

─말도 안 돼. 이건 있을 수 없어. 이런 터무니없는 일이 어떻게…….

무엇이 그리 믿기 어려운지 같은 말만 반복하는 아쿠아였다. 강서준은 쓰게 웃으며 주변을 둘러봤다.

가히 정령왕의 힘이었다.

국지적으로 스킬의 영향력이 제한됐음에도 일격에 플레이어와 사이보그가 무력화됐다.

역시 이름값은 한다.

'그만큼 마력 소모율이 지독하지만.'

부랴부랴 목걸이를 해제하고 이쪽으로 달라붙는 플레이어들.

아무렴 기계성이 정황상 유리하더라도 본인들의 목에 폭

탄 목걸이를 거는 놈의 편은 싫을 것이다.

강서준은 호흡을 가다듬었다.

"이대로 끝나면 좋겠지만……."

-저놈들을 죽여라!

"……끝날 리는 없겠지."

강서준의 공격에 화답하듯 거칠게 물기를 털어 낸 사이보그들은 사납게 살기부터 드러냈다.

특히 사이보그 중에서도 그 크기가 남다른 녀석이 하나 있었다.

떡 벌어진 어깨, 바위처럼 커다란 주먹. 무척 힘깨나 쓸 것 같은 인상이었다.

[엘리트 몬스터 '사이보그 #21'이 '즉살 모드'로 진입합니다.]

강서준도 자세를 바로 하며 재앙의 유성검을 꽉 쥐었다. 같은 말만 반복하던 아쿠아가 신음을 낸 건 그때.

-피해요!

강서준이 있던 자리로 에너지 광선이 쏘아졌다.

지이이잉!

하지만 진즉에 알아챘다.

놈의 몸속에서 묘한 흐름이 움직이는 걸 깨닫고, 바로 초상비로 몸을 피한 것이다.

에너지 광선은 애꿎은 허공을 갈라 기계성의 벽에 구멍을 냈다.

[기계성의 파괴율이 0.5% 증가했습니다.]

'알아서 부숴 주는군.'

혹시 기계성의 파괴율을 올리는 최적의 방법은 이게 아닐까.

사이보그 #21은 강서준을 향해 짓쳐들어와 주먹을 망치처럼 아래로 휘둘렀다.

[스킬, '초상비(F)'를 발동합니다.]

기계성을 다시 부수면서 바닥에 크레이터를 만드는 놈.

심지어 이곳은 '기계로만 이뤄진 기계성 바닥'이었기에, 충격을 못 이겨 폭발도 일어났다.

콰아아앙!

"……후우."

폭연을 뚫고 뒤로 물러난 강서준은 재앙의 유성검을 휘둘러, 물결로 연기를 밀어냈다.

"강서준 씨……!"

최하나는 연신 마탄을 발사하며 강서준을 바라봤지만, 그녀도 이쪽을 도울 여유는 없었다.

사이보그 #21처럼 강한 놈들은 아니지만 수많은 사이보그가 플레이어를 위협하고 있었다.

"괜찮아요! 여긴 걱정…….."

그녀에게 한마디 말을 덧붙여 주고 싶었지만, 말을 끝내기도 전에 강서준은 빠르게 몸을 움직였다.

사이보그 #21은 숨 돌릴 틈도 안 준다.

"……매너 없기는. 말하는 중에 때리는 건 예의가 아니야."

하지만 사이보그 #21은 어떠한 대답도 하질 않았다. 그저 묵묵히 강서준을 향해 살기 어린 주먹을 휘둘렀다.

또한 에너지 광선을 쏘아 낼 뿐이다.

쾅! 콰아아앙!

감정 따위 배제된 로봇이라는 걸까.

'이대로는 답도 없겠는데.'

미간을 찌푸린 강서준은 남아 있는 마력의 잔량을 확인해 봤다.

'쓰나미를 쓰느라 마력의 반절은 날아갔어. 진짜 물 먹는 하마가 따로 없군.'

큰 힘엔 그만한 부담이 따르는 법이다. 어찌 보면 마력의 반절만 날아간 것에 감사해야 할지도 모른다.

'문제는 남은 여력이 진짜 얼마 없다는 건데…….'

그의 전매특허나 다름없던 '이매망량'은 영혼을 수급할 시간이 별로 없었다. 실낱같이 남은 영혼으로는 제대로 된 강화도 안 된다.

도깨비의 능력은 대다수 봉인됐다고 해도 무방했다.

'결국 정령왕과 재앙의 유성검에 기대는 게 전부야.'

일단 정령왕의 스킬은 '쓰나미'를 제외하고는 공격 스킬이 거의 없다시피 했다.

"숨겨 둔 공격 스킬은 없어요?"

─없어요. 본래 물의 정령은 공격보다 수비에 강하니까.

실제로 그 스킬의 대다수는 '회복'과 '보호'에 집중됐다.

─제아무리 당신이라도 마력이 감당해 내질 못할 거고요.

기이이잉!

에너지 광선을 피해서 머리를 숙인 강서준은 이를 악물고, 놈의 외갑을 세게 후려쳐 봤다.

터어엉!

짜릿한 손목의 통증만을 느끼며 옆으로 뛰어야 했다.

예상대로 더럽게 단단했다.

─지금이라도 늦지 않았어요. 얼른 도망치세요. 저놈은 진짜 괴물이라고요.

"……꽤 친절하시네요."

─안타까워서 그래요. 당신은 이런 데에서 죽을 '분'이 아니니까.

강서준은 쓰게 웃었다.

"누가 죽는답니까. 걱정 마요. 반드시 저놈을 꺾어 살아남
아 줄 테니."

-하, 제발 말 좀 들어요. 제아무리 당신이라 해도 그 '육신'으
로는 무리라니까? 벌써 한계잖아요.

"그럼 어쩌란 겁니까?"

아쿠아는 답했다.

-누차 말했듯 도망쳐요. 불가해한 적을 상대로 도망치는 건
부끄러운 일이 아닙니다.

쾅! 콰앙!

쿠아아아앙!

사이보그와 치열하게 전투를 펼치는 플레이어가 눈에 보
였다. 최하나는 그중 단연 크게 활약하고 있었다.

나머지 길드원들도 그에 못지않은 화력을 보여 줬다.

"도망이라면…… 당장이라도 가능하겠죠."

강서준은 순순히 고개를 끄덕이며 아쿠아의 말에 긍정했
다.

실제로 그 하나 몸을 빼는 건 일도 아니었다. 불가능한 일
에 목숨을 내던질 만큼 그가 무식하게 용감한 것도 아니고.

애초에 그는 도망치는 일에 부끄러움 따위는 없다고 생각
했다. 현실을 파악하고, 본인의 주제를 직시하는 것 또한 실
력이다.

"하지만 그래선 안 돼요."

-왜죠? 고작 인간들 때문에 죽겠단 겁니까?

강서준은 지척에 다다른 사이보그 #21의 주먹을 피해 크게 뒤로 뛰었다. 이번엔 '용아병의 날개'를 발동해서 공중으로 날아올랐다.

"그것도 있겠지만 자꾸 여기서 도망치면 안 되겠다는 생각이 들어서요."

-그게 무슨…….

말로 설명하기 어려운 내용일 것이다. 왜냐면 이건 위기 감지도 알려 주질 않는 순전히 그만의 '감'이니까.

'이대로 기계성을 놔두면 크게 후회하게 될 거야.'

보수적인 던전은 완벽을 추구한다. 해서 던전 브레이크로도 밖으로 나갈 기미를 보이질 않는다.

그들에게 패배한 적이 바깥으로 쫓겨날 뿐.

훗날 다시 던전 브레이크가 발생하는 그날엔 저들은 분명 밖으로 나올 것이다.

막강한 전력을 고스란히 유치한 채로.

'파괴율이 아직 10%도 못 넘겼어. 이래선 안 돼.'

플레이어의 성장보다 몬스터의 성장 폭이 크면 결국 패배는 플레이어의 몫이다.

정령왕 '아쿠아'가 기계성에 붙잡혔듯, 플레이어라고 같은 일이 벌어지지 말라는 법은 없다.

'막는다면 여기서 승부를 봐야 해.'

게다가 사실 도망갈 이유도 없다.

"저 알 것 같거든요."

ㅡ하, 대체 뭘…….

"저놈을 공략할 방법."

나아가 던전의 성장을 막을 유일한 방법. 강서준은 용아병의 날개를 활짝 폈다.

그를 따라 사이보그 #21도 허공으로 떠올랐다.

"이 싸움…… 이길 겁니다."

강서준은 그대로 기계성을 주파하기 시작했다.

콰! 콰아아아아앙!

허공을 가르며 날개를 접고, 빠르게 곡예비행을 이어 나갔다.

수시로 발사되는 에너지 광선!

뒤도 안 돌아보고 속도를 유지하며 광선을 피해 내는 건, 제아무리 그라고 해도 쉽진 않을 일이다.

정령왕의 도움이 없었다면 말이다.

ㅡ왼쪽으로 피해요!

ㅡ오른쪽!

ㅡ위!

─두 갈래로 나뉩니다!

재앙의 유성검에 빙의된 아쿠아는 실시간으로 강서준에게 사이보그 #21의 공격을 알려 줬다.

놈이 쏘아 내는 에너지 광선의 궤도도 미리 파악해서 알려 준 덕분에 무사히 피해 낼 수 있었다.

'나중에 이루리한테 이런 거나 가르쳐 줄까.'

문득 카누비스에서 백신에게 쫓길 적, 이루리가 도깨비감투 속에 숨어 이처럼 해 줬으면 꽤 편했겠다 싶다.

─오른쪽…… 어? 왜 멈춥니까?

"이제 도착했거든요."

강서준은 날개를 접으며 바닥에 섰다. 형형한 눈빛의 사이보그 #21의 모습이 눈에 담겼다.

놈은 들어오자마자 그를 향해 광선을 쏘아 내려다 잠시 몸을 움찔댔다.

─여긴…….

"여기라면 놈을 이길 수 있어요."

강서준은 자신의 등 뒤에 둔 커다란 기계를 상기했다.

이곳은 정령들이 수시로 냉기를 불어 온도를 낮춰 왔던 그들의 주요한 '노역장'이었다.

한데 왜 기계를 식혔을까.

이유는 간단하다.

'과열되면 안 되니까.'

아쿠아가 물었다.

-만약 엔진을 터뜨리려는 생각이라면 오산입니다. 바보나 떠올릴 계획일 거라고요.

"엔진이었군요. 저게……."

-정말 무슨 생각입니까?

한편 노역장을 한 차례 둘러본 사이보그 #21은 이죽이면서 입을 열었다.

-고작 도망친 곳이 이곳이더냐?

"말 잘하네?"

-인간은 정말 멍청하군. 이깟 빤한 수작이 통할 거라 생각했느냐.

사이보그 #21은 엔진 따위 신경도 쓰질 않는다는 듯 매섭게 광선을 쏘아 냈다.

찰나의 틈으로 피한 강서준은 광선이 엔진을 적중시켰지만, 아무런 피해도 없이 멀쩡하다는 걸 확인했다.

-이곳은 기계성의 중심이다. 정령왕이 온들 부술 수 없지. 네놈이 노리는 건 모두 무용지물이란 것이다. 크크.

로봇 주제에 비웃기는.

강서준은 그을림조차 없는 엔진을 살펴보고 아쉽지만 바로 납득했다.

아마 강서준이 블러드 석션을 최대로 발동해서 전력으로 검을 휘두른들, 씨알도 안 박힐 단단함이었다.

하지만.

"누가 이걸 부순대?"

-……?

"B급 던전이 그리 허술할 리가 없잖아. 이렇게 대놓고 엔진을 드러낸 곳이 종잇장처럼 방어력이 얇겠어?

드림 사이드가 그 정도로 설정이 허술한 게임은 아니다. 강서준이 이곳에 온 이유는 다른 데에 있었다.

"여길 온 이유는 꽤 단순해."

강서준은 뒤늦게 배부른 배를 두드리며 날아오는 고롱이를 보았다. 녀석은 간만에 엄청난 포식을 한 덕인지 아주 만족스러운 눈치다.

그리고 그 정도로 포식을 했다면 녀석이 할 수 있는 게 또 있지.

강서준은 씨익 웃으며 말했다.

"뭔 짓을 해도 부서지지 않으니까."

-뭐?

"그래서 온 거라고."

재앙의 유성검 속에서 이 모든 과정을 지켜보던 아쿠아는, 돌연 고롱이의 정체를 깨닫고 말았다.

아쿠아는 크게 당황했다.

-어, 어떻게 용이 여기에……?

이에 화답하듯 고롱이의 주변은 검은 연기가 휘감겼다. 익숙한 BGM도 사방으로 울려 퍼졌다.

"그러니 마음껏 날뛰어도 돼. 고롱아."

고롱이의 몸이 점차 그 크기를 부풀리더니 한 공간을 차지할 수 있었다.

['고롱이'가 전용 스킬, '거대화(S)'를 발동합니다.]

일말의 노성을 토해 내며 등장한 거대한 흑룡!

흑염을 흩뿌리며 고롱이는 사이보그 #21에게 접근했다.

예상대로 고롱이의 흑염은 노역장 곳곳으로 옮겨붙질 않았다.

-대, 대체 이게 무슨……!

크롸아아아!

동시에 강서준은 갖고 있던 모든 마력을 끄집어내어 재앙의 유성검에 주입했다.

[스킬, '마력 집중(D)'을 발동합니다.]

여기에 하나 더.

[장비 '재앙의 유성검'의 전용 스킬, '블러드 섹션'을 발동합니다.]

실낱같은 체력만 남겨 두고 오직 재앙의 유성검에 집중했다. 강서준은 호흡을 꾹 참았다.

오직 사이보그 #21만을 바라봤다.

'한 방에 끝낸다!'

콰아아아아앙!

광범위한 굉음을 일으키며 고롱이가 날카로운 송곳니로 사이보그 #21의 외갑을 물었다.

작은 실금이 생겨나고 조금씩 부서졌다. 아무래도 비밀 창고에 있는 '아이템'을 포식한 결과로 작금의 버프도 들어간 듯했다.

그렇게 벌어진 외갑 사이의 틈.

정확하게 그곳만 강서준의 눈에 확대되듯 보였다.

[스킬, '류안(S)'을 발동합니다.]

[스킬, '집중(S)'을 발동합니다.]

그곳으로 검을 찔러 넣었다.

❧

이미 배부른 고롱이를 여태까지 거대화시키질 못한 이유가 있을까.

'이곳은 기계성이니까.'

바닥도 기계였고, 벽도 기계였다.

사이보그 #21이 내리친 주먹이 바닥을 폭발시키는 걸로 깨달았다.

'거대화한 고롱이가 본격적으로 움직이면 이 주변이 죄다 폭발하겠지.'

사방이 폭발해도 사이보그는 멀쩡하지만, 아크의 플레이어는 어찌할 도리가 없다.

그들을 전부 보호할 수도 없다.

해서 강서준은 고롱이가 마음껏 날뛸 공간을 찾고자 했다.

'그게 노역장.'

물론 흑룡의 힘을 쓴들 고롱이 혼자 녀석을 처치할 수는 없다. 그게 된다면 그야말로 밸런스 붕괴일 것이다.

고롱이는 딱 강서준의 레벨 정도의 힘만을 발휘한다.

사실 그 정도도 대단했다.

'……이길 수 있어.'

고롱이와 강서준의 합공은 사이보그 #21에게 확실한 치명타를 안겨 줬다.

놈의 신체 곳곳에서 스파크가 튀면서 기름이 새어 나왔다. 강서준은 그 기세를 놓치지 않았다.

[칭호 '도깨비의 왕'의 전용 스킬, '백귀(S)'를 발동합니다!]

푸른 빛깔이 사방으로 퍼지면서 강서준의 양옆으로 오가닉과 라이칸이 달려 나왔다.

로켓마저 달라붙어 공격을 퍼부었다.

이른바 '강서준 파티'의 치열한 공격이 이제야 서막을 올린 것이다.

-요, 용은…… 반칙!

그 말을 무시하듯 고롱이가 꼬리로 놈을 휘감았다. 종종 어금니로 외갑을 부수는 걸 잊질 않았다.

힘, 체력, 마력…… 모든 것이 놈에 비해 모자랄 '고롱이' 였지만, 당장 그 위압감은 카무쉬 뺨을 후려칠 정도로 대단했다.

아무래도 종족값은 한다.

단순히 그것만으로도 사이보그 #21은 크게 위축되어 자잘한 렉 같은 행동을 보였으니까.

잘 보면 정령왕도 무서워서 자르르 떨고 있다.

'원래 용은 몬스터 중에서도 최상위종이니 뭐…… 단순히 리자드맨들만 두려워할 게 아니야.'

그간 고롱이가 작디작은 펫으로 귀여운 활약만 해서 그렇지, 이렇듯 배부르게 먹이면 든든한 아군이 된다.

이러니 고롱이를 레벨 150에 파밍했음에도 섭종까지, 아니 그 이후로도 데리고 다니는 것이다.

-이, 이건 있을 수 없는……!

자잘한 렉은 곧 심각한 오류가 발생한 컴퓨터처럼 규모를 키워 나갔다. 몸을 떨던 사이보그 #21의 눈동자가 터져 나간 건 그때.

–말도 안.

"안 되긴 개뿔이."

남아 있던 마력을 쥐어짜 내고 영혼까지 박박 긁어내어 '도깨비 검무'를 추기 시작했다.

이미 찌그러진 외갑 사이로 무수하게 찔러 대는 재앙의 유성검에 의해 수많은 전선이 잘려 나갔다.

기름으로 흑염이 옮겨붙고, 슬슬 놈의 몸에서도 심상치 않은 마력의 흐름이 보였다.

강서준은 멈추지 않았다.

"남은 마력을 모두 수비로."

용의 불꽃은 쉽사리 꺼트릴 수 없었다. 공교롭게도 강서준이 애써 만들어 낸 쓰나미에 옮겨붙어 사이보그의 몸을 더욱 장악해 갈 뿐이었다.

한편 쓰나미에 젖어 든 강서준은 신체의 피로도가 급속하게 줄어든다는 걸 깨달았다.

'본래 물의 정령은 회복과 수비에 특화됐으니까.'

물은 강서준의 초재생을 도왔고, 외부로 느껴지는 충격을 상쇄시켜 줬다. 반대로 사이보그 #21의 기능에 문제를 일으켜 줬다.

-이건 있, 아니, 용, 그, 억, 아잇, 인.

사이보그 #21은 알 수 없는 단어를 한참이나 반복하더니, 머지않아 심상치 않은 흐름 끝에서 도화선에 불을 붙이고 말았다.

콰아아아앙!

지축을 흔드는 거대한 폭발에 의해 튕겨 나간 강서준.

피부가 살짝 짓이겨진 고롱이까지.

강서준은 거친 숨을 몰아쉬며 겨우 몸을 일으켰다. 물의 방어막이 대미지를 꽤 상쇄시켜 준 덕에 멀쩡할 수 있었다.

폭연 너머로 뜨거운 불길이 치솟았다.

그리고.

[엘리트 몬스터 '사이보그 #21'을 처치했습니다.]

[레벨이 올랐습니다.]

[레벨이 올랐습니다.]

[레벨이 올랐습니다.]

……하략…….

도합 다섯 개의 레벨이 오르고, 노역장은 작은 불길만이 감도는 휑한 공간으로 변모했다.

빙의한 정령왕 아쿠아는 실낱같은 마력에 기생하며, 강서준을 올려다봤다.

─허…….

그의 승리였다.

이후로 일사천리였다.

마력 포션으로 완전히 마력을 회복한 강서준은 일행이 있는 곳으로 돌아가, 드잡이를 개시했다.

여기선 백귀들의 활약이 대단했다.

드림 사이드 1에서부터 여태까지 도움이 크게 되질 못했다는 게 분한 걸까. 사이보그를 처치하는 데에 혈안이 된 듯했다.

라이칸은 심히 고룡이를 질투하기까지 했다. ……이런 감정까진 느껴지지 않아도 되는데.

어쨌든 덕분에 전투는 빨리 끝났다.

[퀘스트를 성공적으로 클리어했습니다.]

불가능에 가까운 미션을 수행했다고 여겨지는 걸까. 여기서 레벨이 6씩이나 더 올라갔다.

이쯤 되면 함정에 빠진 것부터 기연이 아닌가 싶을 정도였다.

"이쪽입니다."

올라클은 플레이어를 데리고 기계성 내부의 은신처로 향했다.

또 다른 환풍구를 통해 들어간 그곳엔 CCTV나, 다른 기계의 흔적은 찾을 수 없는 비루한 방이었다.

그곳엔 푸른 빛깔의 '포탈'이 있었다.

일종의 세이브 포인트였다.

강서준은 올라클을 향해 말했다.

"급한 일이 있어 잠시 밖에 나갔다 올 예정입니다."

"……꼭 가야 합니까?"

"네."

확고한 말에 올라클도 더는 그를 붙잡지 못하고 아쉬운 표정을 내비쳤다.

"기다리겠습니다. 일을 끝마치면 바로 돌아오셔야 해요."

"물론이죠. 아쿠아 님을 구해야죠."

그리고 눈앞으로 퀘스트가 나타났다. 시간제한만 70일이나 남은 그런 퀘스트였다.

'좋아. 여유가 생겼어.'

현재 그들의 수준으로는 B급 던전을 무리 없이 공략하기란 힘들었다. 하지만 70일이 남았다면 충분히 역량을 쌓을 시간은 된다.

게다가 아직 던전 브레이크도 멀었다.

시간은 많다.

'게다가 안전지대가 생성됐으니 언제든 여기서 던전 공략을 이을 수 있어.'

퀘스트를 일정 구간 공략해야만 생성되는 안전지대. 이곳은 '리자드맨의 우물'에서의 '갈릴레오'와 같은 역할을 할 것이다.

포탈도 있잖은가.

다음부터 던전으로 입장하면 이쪽으로 이동될 것이다.

'훗날 누군가가 기계성 쪽에 붙어 거점을 마련하면 입구가 하나 더 생기겠지만……'

그건 가능성의 문제였다.

별로 중요하지도 않다.

"일단 복귀하도록 하죠."

강서준은 미련 없이 '기계성'을 빠져나와 시리도록 추운 천안으로 돌아올 수 있었다.

목적은 달성했으니 발걸음도 가볍다.

한편 바깥으로 빠져나온 플레이어들은 추위에 옷을 여미며, 강서준의 소집에 일단 응답해야 했다.

이전처럼 강서준을 조금이나마 무시하는 기색은 없었다.

아마 사이보그를 상대로 드잡이를 펼치던 걸 봐서 그런 건지도 모르겠다.

강서준은 대뜸 손을 내밀었다.

"다들 그거 줘요."

"……네?"

"잔말 말고."

최하나를 대표로 하여 하나둘 고개를 갸웃하면서도 그들은 올라클한테 받은 '정령의 증표'를 보여 줬다.

쌓아 놓고 보니 꽤 많았다.

"근데 이건 왜……."

"여기에 물의 기운을 담아서 가져가면 정령들은 더욱 강해져요. 해서 '물의 힘'을 모으라는 퀘스트를 받았죠."

"네. 이것 때문에 저희는 바다에 한 번 다녀올 생각이었는데……."

마법사 길드 도민준의 말에 탱커 길드의 박동수도 고개를 끄덕였다. 강서준은 쓰게 웃으며 말했다.

"그래선 안 됩니다."

"네?"

강서준은 돌연 고롱이에게 시선을 던졌다. 고롱이는 정말 그래도 되냐는 눈빛이었지만, 이내 '정령의 증표'로 뛰어들었다.

"어엇?!"

놀라는 플레이어와 고롱이의 포식 장면이 교차로 이어졌다.

강서준은 박수를 짝, 치면서 주의를 집중시켰다.

"다들 정신 차려요. 그놈들이 인간같이 굴긴 했지만 그래 봤자 몬스터입니다."

"……무슨 소리죠?"

"우린 정령을 도와선 안 된다고요."

이에 반발한 건 수호 길드의 박동수.

"이건 횡포요. 당신이 제아무리 케이라 해도 이러는 법은 없어요!"

"미안하게 생각하고 있어요."

"게다가 그들은 우호적이었어요. 어째서 이렇게까지 하는 겁니까!"

많은 사람들이 비슷한 감정으로 강서준을 째려봤다. 잡아 먹을 기세였지만 강서준은 개의치 않았다.

하나는 알고 둘은 모르는 거다.

"과연 정말 정령왕이 '아르곤'을 탈출해도, 우릴 우호적으 로 바라볼까요."

"……뭐요?"

"벌써 잊었어요? 이곳 천안에 일어난 비극을."

강서준은 말없이 주변을 둘러봤다.

새하얗게 물든 천안은 말 그대로 눈에 휩싸여 얼어 죽은 도시였다.

오직 쇼핑센터 인근만 조금 얼음이 녹았지, 이곳에 있던 사람은 별다른 저항도 못 한 채 얼어 죽었다.

"정령은 인간을 좋아하지 않아요. 우린 아무래도 환경을 파괴하는 데에는 도가 텄으니까."

바다에 불을 질렀다고 강서준을 싫어하던 게 물의 정령들.

하지만 강서준은 알고 있다.

굳이 바다에 불을 지르질 않았더라도 정령은 인간에게 무작정 호감을 품질 않는다는 사실을.

그들은 원래 인간을 혐오한다.

"아쉬운 게 없어지면 저들은 금세 우리의 목을 노릴 겁니다. 그게 정령의 본심이에요."

"하지만 그건 어디까지 추측……."

"글쎄요. 드림 사이드 1에서도 비슷한 사례가 있다는 건 검색해 보면 알 수 있을 겁니다."

대충 사람들의 말문을 일축한 강서준은 몸을 돌렸다. 사람들은 여전히 반발심이 있는 표정이었지만 섣불리 이견을 말하진 않았다.

이전과는 달랐다.

강서준은 던전 내에서 이미 능력을 증명했으며, 케이라는 존재는 본래 우상화되었던 인물.

소문이 헛된 게 아니라는 걸 이젠 그들도 알고 있었다.

문득 김훈이 슬쩍 다가왔다.

"하지만 이곳은 드림 사이드 2잖아요. 혹시 정령이 우리 편이 될 수도 있지 않을까요?"

"아뇨. 불가능해요."

"뭔가 확신하는 게 있는 눈치군요."

강서준은 고개를 끄덕이며 가만히 김훈을 응시했다. 다른 사람들에게 군이 말하진 않았지만, 그는 무엇보다 확실한 증거가 있었다.

"정령왕이 악령이었거든요."

영혼엔 색깔이 있고, 또한 그 영혼에는 성질이 있다. 제아무리 몬스터라 해도 정령왕처럼 선명하게 악령의 기운을 가진 놈은 많지 않다.

놈은 지능범이다.

외면은 인간을 닮았으면서, 인간을 혐오해서 언젠가 뒤통수치려는 악마 같은 족속들.

강서준은 확신할 수 있었다.

"물론 세상의 모든 정령이 다 그렇진 않지만, 이놈을 믿어선 안 된다는 건 확실합니다."

김훈은 고개를 주억거리더니 물었다.

"한데 그러면 사이보그 세력이 너무 강대해지진 않을까요? 차라리 정령의 힘을 키워서 싸움을 붙이는 게……."

"아니요. 그래서는 그저 적을 늘리는 결과로 이어질 겁니다."

"네? 그러면?"

"반대죠. 기계성의 힘을 깎아야죠."

강서준은 씨익 웃으며 노역장을 떠나기 직전을 떠올릴 수 있었다.

⋙⋘

[장비, '재앙의 유성검'의 피를 모두 소모했습니다.]
[스킬, '빙의(S)'는 본래 주인인 플레이어 '김영훈'에게 돌아갑니다.]

강서준은 영안을 떠 주변에 완전히 아쿠아의 기척이 사라졌다는 걸 깨달았다.

기다리던 순간이었다.

"휴…… 이제야 갔네."

어째서 그가 노역장으로 돌아왔을까.

첫째는, 고롱이가 마음껏 활약할 수 있는 무대를 마련하기 위함이었다.

'물론 그것만 고려한다면 굳이 여기까지 올 필요는 없었겠지.'

오히려 이용할 건 넘쳤다.

바닥의 폭발, 벽의 폭발, 천장의 폭발…… 모든 게 기계성의 파괴율을 올리는 행위니까.

그걸 무기 삼아 사이보그를 공격할 수도 있었다.

하지만 강서준은 구태여 이곳까지 날아왔다. 적어도 정령왕 아쿠아의 눈을 속이기 위해 고룡이도 내세웠다.

이유는 하나였다.

'위험한 건 기계도 마찬가지니까.'

그의 촉은 말하고 있다.

기계성이든, 정령이든.

이 던전 자체가 위험하다고.

정령을 도와줘선 안 될 것이며, 기계성을 이대로 놔둬서도 안 된다는 것이다.

"올라클에게 고마워해야겠는걸."

강서준은 씨익 웃으면서 인벤토리에 보관 중이던 EMP칩을 꺼내 들었다.

본래 아르곤이란 전자 감옥에서 아쿠아를 구하기 위해 사용할 물건.

'아이템의 성능만큼은 기가 막히겠지.'

EMP칩은 말 그대로 기계를 무력화시킨다. 그 사용처는 어느 곳이냐에 따라 다른 법.

슬쩍 감투에 숨어 있던 이루리가 밖으로 나와 가재 눈을 뜬 채 말했다.

"하여간 잔머리는……."

"똑똑한 거지."

강서준은 음흉하게 웃으며 그대로 EMP칩을 엔진에 대고 활성화시켰다.

이어진 상황은 그의 예상대로였다.

[특수 아이템 'EMP칩'이 활성화되었습니다.]

[기계성의 '제4엔진'이 'EMP칩'에 적중되었습니다.]

[엔진이 무력화되었습니다.]

[!]

['기계성의 파괴율'이 25% 증가했습니다.]

['기계성'은 당신을 '최우선 사살 목록'에 등록했습니다.]

[조심하십시오. '기계성'은 당신을 예의 주시할 것입니다.]

물의 정령왕

어쨌든 기계성은 나중 일이다.

천안으로 복귀한 강서준은 쇼핑센터로 돌아가 진백호부터 만나 보기로 했다.

그게 우선순위였다.

"강서준 씨! 돌아오셨군요!"

"네. 그간 별일 없었죠?"

던전에서 보낸 시간만 따진다면 대략 하루 반나절.

길진 않았지만 마냥 짧은 시간도 아니었다.

아무래도 강서준을 비롯한 플레이어가 자리를 비운 틈을 노리는 사람이 있을지도 모르니까.

"네, 뭐…… 자잘한 위협이야 있었지만 무탈하게 넘어갔습니다."

그렇게 말하는 나한석은 정말로 별일이 아니었다는 얼굴이었다. 실제로 낙원의 플레이어부터 쇼핑센터의 주민 중 다친 사람은 없었다.

하기야 당연한 일이다.

낙원의 플레이어들이 누구던가.

'백신으로부터 낙원을 지켜 내던 디펜스 게임의 스페셜리스트지.'

무려 시스템을 상대로 싸우던 자들이었다.

한때는 패배감에 찌들어 시야가 몹시 좁아졌던 이들이지만, 백신을 상대하기 위해 바이러스 활용법도 연구하질 않았던가.

창의력부터 플레이어의 역량, 레벨까지 어지간한 천안의 플레이어는 비교조차 안 된다.

"혹시 진백호 씨는……."

"한 번 눈을 뜨긴 했습니다만, 그게 전부입니다. 이후로 영 의식을 차리질 못해요. 상태가 더 악화된 듯합니다."

"그렇군요."

고개를 끄덕인 강서준은 나한석을 일별하고 우선 진백호를 만나기 위해 쇼핑센터 내부로 진입했다.

진백호의 곁엔 열심히 간호 중인 그의 아버지 진혁수가 있었다.

"강서준 님!"

환하게 반기는 진혁수를 뒤로하고, 강서준은 진백호의 이마에 손을 가져다 댔다.

불덩이 같았다.

'예상보다 정령병의 진행이 빨라. 아…… 마트 위의 정령이 죽어서 그런가.'

천안을 눈 폭풍으로 얼려 버린 장본인 중에서도 C급 브레이크로 파생된 그 녀석이 가장 지대한 영향력을 가졌을 것이다.

그놈이 최하나의 총에 소멸했으니 단연 눈 폭풍도 이전보다 잠잠해지는 수밖에 없으리라.

그만큼 진백호의 몸을 불태우던 열기는 식을 틈이 줄어드는 것이다.

'조금 더 늦었으면 돌이킬 수 없을 뻔했어.'

강서준은 식은땀을 닦으며 옆에서 기다리는 진혁수에게 말했다.

"지금부터 진백호 씨를 치료하려고 해요."

"네, 네. 무엇이든 말씀하세요."

"그러니 앞으로 무슨 일이 벌어지더라도 절대 방해해선 안 됩니다."

"네?"

물론 허락을 구하는 말이 아니다.

일단 진혁수에게 통보한 강서준은 인벤토리에서 '물의 정령의 정수'를 꺼내었다.

정령병을 치료하는 유일한 방법.

'상극의 정령'을 정령사에게 깃들게 하여, 그 힘을 억누르는 것이다.

'방법은 간단하지만 말처럼 쉬운 일은 아니야. 하나의 몸에 두 개의 정령을 귀속시키는 일이니.'

그것도 물의 정령의 상극이라는 불의 정령이 사전에 귀속된 몸으로의 진입이다.

어지간한 균형을 맞추질 못한다면, 물의 정령은 진백호의 몸에 깃들기도 전에 소멸한다.

'그러니 정수가 필요했어.'

자고로 '정령의 정수'는 정령이 가진 힘을 뭉쳐 둔 에너지 덩어리.

이 아이템을 갖고 장비를 만든다면 '정령의 힘'이 깃들고, 이걸로 계약을 실시하면 좀 더 상위 개체의 정령을 끌어들일 수 있다.

하물며 이건 '상급 정령의 정수'였다.

'진백호의 몸을 장악한 그 녀석에 비해 조악한 수준이지만…… 당장 급한 불은 끌 수 있어.'

불의 정령을 완전히 다스리는 게 목적이 아니었다. 당장 진백호의 몸에 물의 정령을 작게나마 깃들게 하는 것이 목적이었다.

그것만으로 진백호의 명줄은 조금 더 연장될 것이다.

거기서부터 시작하면 된다.

"그럼 시작하겠습니다."

강서준은 망설임 없이 '물의 정령의 정수'를 진백호의 입을 벌려 그곳으로 흘려 넣었다.

본능적으로 진백호의 목울대가 움직이고, 물의 정령의 정수는 고스란히 그 안으로 스며들었다.

"크윽······!"

진백호는 의식이 없는 와중에도 꽤 고통스러운 신음을 냈다.

불의 정령이, 불쑥 찾아온 물의 정령의 정수를 향해 날카롭게 반응한다는 증거였다.

"배, 백호야!"

입술을 꽉 깨문 진혁수였지만 강서준의 말을 상기했는지 이러지도 저러지도 못한 채 그저 안절부절못했다.

다음으로 도움을 주는 이는 '낙원의 유일한 정령사'인 '김시후'였다.

그는 '정령 계약서'를 갖고 있었다.

[플레이어 '김시후'가 아이템, '정령 계약서'를 발동했습니다.]

['물의 정령의 정수'를 확인했습니다.]

['상급 정령'을 소환합니다.]

타오를 것만 같던 안쪽의 공기에서 서서히 안개가 피어났
다.

수증기였다.

사방으로 따끈한 물이 생성되고, 이내 진백호의 주변은 작
은 파도가 일렁이기 시작했다.

정령 계약, 그 1단계는 성공한 모양.

나머지는 물의 정령이 불의 정령을 어떻게든 밀어내고 자
리를 확보할 수 있냐는 것이다.

'뭣하면 내가 도와주지 뭐.'

류안과 영안, 그리고 도깨비의 힘을 사용하는 강서준이라
면 어떻게든 그 싸움에 개입할 여지는 있었다.

한데, 문제가 있었다.

츠츠츠츳!

작은 파도에 불과하던 물결이 금세 거칠게 일렁였다. 뜨겁
던 공기가 빠르게 식었다.

문득 한쪽에 서리가 맺히는 것이 보여 심상치 않다는 걸
보여 줬다.

'……이거 설마?'

[스킬, '류안'(S)을 발동합니다.]

[스킬, '영안(S)'을 발동합니다.]

두 개의 스킬을 동시에 발동한 강서준은 눈앞에서 벌어지
는 광경을 직시할 수 있었다.

뒤늦게 시스템 메시지가 나타났다.

[!]
['물의 정령왕'의 의지를 확인했습니다.]
['정령왕'을 소환합니다.]

"……빌어먹을 정령왕이!"

뒤늦게 손을 뻗으며 마력을 운용했다. 모름지기 이 계약의
시작점은 '정령 계약서'였으니, 그걸 찢어 버릴 생각이었다.

하지만 너무 늦은 걸까.

벌써 쓰나미처럼 밀려온 파도는 주변을 장악하고, 진백호
의 주변을 지키던 플레이어마저 밀어냈다.

결국 그녀가 나타나고 말았다.

-호오, 여기가…….

강서준은 미간을 찌푸리며 물었다.

"당신…… 대체 어떻게 빠져나왔어요?"

솔직히 말이 안 된다.

던전은 여전히 B급이며, 던전 브레이크가 발생하지 않는

한 그곳의 보스인 '정령왕'은 아르곤은커녕 던전도 빠져나올 수 없어야 한다.

　－빠져나온다고요. 흐음…… 글쎄요. 당신이 나를 불렀잖습니까?

　"당신을 원한 적은 없는데."

　이에 아쿠아가 씨익 웃었다.

　－물의 정령은 무릇 저로부터 비롯됩니다. 당신은 물의 정령을 원했고, 전 그에 응했어요.

　궤변이다.

　강서준은 아쿠아가 처음부터 이럴 목적이라는 걸 알 수 있었다.

　어쩌면 '물의 정령의 정수'를 챙겼다는 걸 진즉에 눈치챘고, 때문에 김영훈에게 바로 돌아가지 않은 걸지도 모른다.

　이 순간을 노린 걸까.

　"아쿠아. 무슨 목적으로 이곳에 왔는지는 모르겠지만…… 돌아가세요. 언젠가 아르곤으로 직접 찾아갈 테니."

　－글쎄요. 전 정말 불러서 왔다니까요.

　"그게 말이……."

　－저기요. 생각해 보세요. 제가 오고 싶다고 막 여기 올 수 있겠어요?

　곰곰이 고민해 보니 그 말도 일리가 있었다. 정령왕의 의지가 있다 해도 던전을 이런 식으로 빠져나오는 건 말이 되질 않는다.

게임의 밸런스는 지켜져야 하니까.

그게 가능하게 만들려면 특별한 일이…… 잠깐.

"진백호……."

진백호의 특수한 신체라면 아쿠아를 불러들일 수도 있는지도 모르겠다. 이미 불의 정령왕이 정착했고, 무엇보다 이 세계의 주요 인물이니까.

어떤 변수가 나타나도 이상하지 않다.

한편 아쿠아는 고통에 신음하는 진백호를 발견했다.

-흥미롭네요. 불의 정령왕과 계약한 인간이라니. 호오…… 그래서 물의 정령을.

아무래도 정령의 문제다 보니 아쿠아는 빠르게 상황을 이해했다. 그녀는 강서준을 돌아보더니 물었다.

-솔직히 당신같이 고귀한 분이 왜 인간 따위와 함께인지는 여전히 의문이지만.

"……."

-이런 자가 함께라면 얘기가 달라지겠죠. 그럼 잘 먹겠습니다아!

뭐?

불길한 미소를 지은 아쿠아는 말릴 틈도 없이, 쓰나미를 몰고 진백호의 몸으로 뛰어들었다.

온몸이 물에 젖은 플레이어들은 당황한 눈치로 다가왔다.

특히 진혁수의 안색은 새하얗게 질렸다.

"……어떡해요?"

"일단, 일단 그대로 두죠."

"네?"

어쩌면 이건 행운이었다.

만약 아쿠아의 의지를 넘어서 진백호가 이 상황에 개입한 거라면, 그 신체가 물의 정령왕을 감당할 수만 있다면 어떨까.

'균형이 맞는다.'

불의 정령왕에 대항할 만한 건 역시 같은 물의 정령왕뿐이다.

일이 잘만 풀려 나간다면…….

"그래도 최하나 씨. 만약을 대비해 주세요."

"네. 걱정 마세요."

정령왕이 현신해서 한 인간의 몸에 깃드는 사례였다. 과거 드림 사이드 1의 역사에도 드문 풍경.

문제가 된다면 종종 '정령왕'이 '인간의 영혼'을 밀어내어 폭주하는 것이다.

츠츠츠츠츠츳!

진백호의 몸이 두둥실 떠오르고 그 위로 불꽃과 물, 그리고 얼음 등이 수시로 나타났다.

아무래도 안쪽에서 정령들이 서로 자리를 차지하기 위해

서 치열하게 싸우는 모양이었다.

"과연……."

머지않아 눈앞으로 뜨거운 바람과 찬바람이 번갈아 휘몰아쳤다. 진백호의 머리맡으로 아쿠아가 빠르게 솟구친 건 그때.

근데 그 표정이 묘했다.

다급한 얼굴로 도망이라도 치는 듯한 느낌이질 않은가.

-이, 이건 예정에 없던 일이거늘!

진백호의 몸에서 도망치려던 그녀는, 일말의 비명을 지르며 어떠한 흡입력에 다시 빨려 들어갔다.

그리고 메시지가 나타났다.

['물의 정령왕'이 '진백호'의 몸에 귀속되었습니다.]

❖❖❖

서울은 예나 지금이나 바빴다.

"C급 던전 파티원 구해요!"

"무기 갈고 가세요! 날카로움 특징 붙습니다! 단돈 2골드! 현금 받아요! 20만 원입니다!"

"레벨 170 이상 탱커 찾아요!"

다른 점이 있다면 출근길에 바빴던 전철역엔 여러 노상

이 깔리고, 그곳엔 각양각색의 플레이어가 모여들었다는 점이다.

이동 던전 '달리는 유령열차'.

이젠 아크에서 던전으로 이동하기 위해 빼놓을 수 없는 특수한 이동 수단이었다.

그중 지상수는 D-10칸에서 홀로그램을 바라보고 있었다.

오늘은 특별히 링링도 함께였다.

"……더럽게도 많군."

"그러니까요. 아니, 정규 업데이트도 아직인데 마족이 벌써 나타난다고요? 말이 돼요?"

"가능성은 있었어. 로테월드에서 이미 마족은 등장했었으니까."

"하지만 몽마는 수준이 다르잖아요."

링링은 고개를 끄덕이며 지상수의 말에 긍정했다.

몽마.

인간의 무의식에 들어가 기억을 자잘하게 조작하는 마족.

드림 사이드 1에서는 대단히 걱정할 몬스터는 아니었고, 실제 이곳에서도 크게 걱정할 개체는 아니다.

최하나가 '사이코패스'처럼 변한 계기가 됐다지만, 그렇다고 그녀가 대놓고 사건을 일으키고 다니진 않았으니까.

그녀의 잔인함은 오직 악인과 자기 자신에 한했다.

'감정이 무뎌지는 정도…… 사람의 신념을 바꿀 수준은 못 돼.'

그 또한 레벨이 올라가다 보면 자연스레 몽마의 영향에서 벗어난다.

몽마는 딱 그 수준에 불과한 몬스터.

꿈을 먹고, 그것으로 기생하는…… 모기처럼 귀찮지만 크게 신경 쓸 놈은 아니었다.

문제라면.

"몽마랑 같이 나타나는 놈들이 '상급 마족'이란 건데."

자고로 상급 마족은 징글징글할 정도로 지적 능력이나 그 수준이 높아 대단한 골칫덩이였다.

"링링 누나. 그래서 어쩔 거예요?"

"……케이 덕에 놈들을 솎아 낼 수야 있겠지만 역시 처치 곤란이야. 이대로 놔둘 수는 없고."

현재 '달리는 유령열차'엔 링링이 만들어 낸 특수한 검색 기기가 장착되어 있었다.

'특정한 마력'만을 잡아내는 아이템.

특히 강서준이 몽마를 도발하면서 놈들이 일정한 반응을 보인 덕에, 몽마의 마기를 파악해 냈다.

링링은 미간을 좁히며 말했다.

"역시 방법은 하나야."

"……설마 에이. 누나, 그분은 좀."

"아니, 슬슬 만나 봐야지."

링링의 눈초리는 날카롭게 빛났고, 지상수는 씁쓸하게 입맛을 다셨다.

광명동굴

"……누굴 찾아오라고?"

강서준은 잘못 들은 건가 싶어서 일단 되물어봤다. 하지만 돌아오는 답은 여전했다.

-일부러 못 들은 척하는 거지?

"아니…… 상황이 그리 안 좋아? 당장 아크의 여력으로는 어려운 거야?"

-응. 아무래도 마족이 한 놈이 아닌 모양이거든.

몽마의 등장으로 인해 링링은 아크 내외부로 대대적인 수색 작업을 명했더랬다.

그렇게 알게 된 사실.

이미 서울을 비롯하여 곳곳으로 마족이 상당수 침입한 상태라는 것이다.

강서준은 관자놀이를 꾹꾹 누르며 말했다.

"결국 성녀가 필요한 거구나."

-어차피 오는 길에 들르면 되잖아.

"네 말대로라면 그다지 멀지 않은 곳에서 볼 수 있겠지만……."

문득 강서준은 진백호와 그 속에 깃든 정령왕을 떠올렸다.

마족에 관한 내용만 생각해도 복잡한 심정이었지만, 사실 이쪽도 만만치 않았다.

'주요 인물과 두 정령왕이라…….'

강서준은 가볍게 혀를 찼다.

"전할 말이 많긴 한데. 슬슬 우리도 이동해야 할 거 같아. 자세한 내용은 나한석 대위님을 통해서 전할게."

의외로 링링은 나한석 대위라는 말에 반응했다.

-응? 나 대위?

"알아?"

-알다마다. 근육 바보의 실종된 형이잖아.

링링이 말하는 '근육 바보'가 누군지는 설명을 듣기도 전에 바로 알아차렸다.

"나도석 씨의 형이라고?"

신체 능력 하나만으로 몬스터를 때려잡아 플레이어가 된 남자. 헬 난이도의 튜토리얼 퀘스트까지 돌파한 어떤 의미로 진정한 이레귤러.

몸집만 해도 곰 같은 그와 전체적인 인상은 호리호리한 편인 나한석은 그 차이가 대단히 컸다.

그러고 보니 이 둘…… 이름이 비슷하구나.

강서준은 이참에 물어보기로 했다.

"나도석 씨는 요즘 어때?"

─말도 마. 그 인간…….

그간 쌓인 게 많았는지 다소 화가 섞인 목소리를 내려던 링링은, 겨우 한숨을 내뱉으며 말했다.

─어쨌든 오는 길에 성녀 좀 픽업해 와. 그 여자가 있어야 몽마든 뭐든 때려잡겠으니까.

"알았어. 다녀올게."

～～～

"그렇게 해서 금일부로 우린 천안을 벗어나 서울로 이동하려고 합니다."

사람들의 앞에 선 김훈은 강서준에게 들은 내용을 그대로 쇼핑센터 주민들에게 전하고 있었다.

천안을 떠나 서울로 상경하자는 제안.

일단 사람들은 의심부터 했다.

"……정말 서울은 안전한 거예요?"

"네. 그곳엔 강한 플레이어도 많고 안전한 거점이 마련되어 있어요. 인프라도 꽤 구축해 둔 상태입니다."

김훈의 말은 당당했다.

지난 5개월.

강서준이 드림 사이드 1의 세계에서 백신과 다투는 동안, 아크는 서울과 경기권의 던전을 모조리 공략하는 데에 주력했다고 한다.

대대적인 던전 공략.

아이러니하게도 길드의 등장으로 인해 인근 던전은 씨가 마를 정도로 공략 속도도 올라갔다고 한다.

'게임도 결국 경쟁 상대가 있어야 더 열심히 하곤 하니까.'

그저 그날의 목숨을 지키기에 급급하던 플레이어들. 개개인의 레벨 업에만 치중하던 이들이 '길드'의 성장을 위해 똘똘 뭉친 성과였다.

'결국 서울과 경기권의 던전은 빠르게 공략됐고, 아크는 이례적인 대호황을 누리게 됐다는 얘기지.'

김훈은 여전히 불안한 듯 떨고 있는 쇼핑센터의 사람들을 향해 더욱 확신 어린 말투로 말했다.

"서울엔 더 이상 위험한 던전은 없어요. 또한 마침 1호선이 이곳까지 연결되어 있습니다. 여러분은 평택역까지만 이동하면 돼요."

"······전철이 다녀요?"

"그럼요. 서울인걸요."

해서 오랫동안 터전이 되어 준 쇼핑센터를 뒤로하고, 천안의 플레이어들은 아크로 편입하기로 했다.

그뿐일까.

도시의 곳곳에서 겨우 목숨만 부지하던 소수의 플레이어도 샅샅이 수색하여 찾아냈다.

천안을 떠날 때는 피난민만 무려 100명에 다다르는 대인원이었다.

'······수십만이 살던 도시에서 생존자는 고작 100명 남짓이라.'

새삼스럽지만 정령에 의해 얼마나 많은 사람들이 학살됐는지 깨닫게 된다.

놈들은 미안하지도 않겠지.

바퀴벌레를 잡아 죽인 것처럼 시원한 기분마저 들 것이다.

강서준은 은근한 눈으로 진백호를 보았다.

그 몸엔 얼어붙은 천안의 원흉과도 같은 '물의 정령왕'이 깃들어 있었다.

또한 진백호는 의식을 차린 상태였다.

"죄, 죄, 죄······ 죄송합니다."

"응?"

"다 제 잘못입니다. 죄송합니다······."

잔뜩 위축된 진백호를 바라보며 강서준은 미간을 찌푸렸

다. 의식을 차린 뒤에야 알게 된 사실인데.

진백호, 이 사람 너무 소심하다.

'거의 중증이야.'

단순히 내성적인 사람이란 의미가 아니었다. 뭔가 큰 죄라도 지은 사람처럼…… 눈만 마주쳐도 사과를 하고 있으니까.

대체 무엇이 그를 이토록 위축되게 하는 걸까.

"……죄송합니다."

가진 재능은 세계를 뒤집어 버릴 정도로 뛰어나면서, 정작 성격이 저러니 제대로 싸울 수나 있을까 싶었다.

알다가도 모를 일이다.

"그럼 이동합시다!"

일행은 천안을 벗어나 평택으로 향했다.

커다란 무리가 단체로 이동하니 거리를 배회하는 몬스터들도 섣불리 달려들지 못했다.

종종 겁 없이 달려들었지만 피난민들에게 닿기도 전에 전부 처리되곤 했다. 사실 현시점에서 가장 뛰어난 플레이어들이 뭉친 파티였다.

안전이 보장된 여행.

한편 강서준은 평택역에서 오래된 인연을 재회할 수 있었다.

"신우현 씨!"

"정말…… 정말 강서준 씨군요! 살아 있어 천만다행입니다!"

"네. 얼굴이 좋아 보이시네요."

실제로 신우현은 처음 만났을 때보다 살이 꽤 올라 있었다.

뚱뚱해진 게 아니라, 워낙 과거의 그가 마른 인상이어서 상대적으로 그런 생각이 들었다.

"아무래도 그렇죠. 리자드맨의 우물이 활성화되니 먹을 게 풍족해졌으니까요. 전부 강서준 님 덕입니다."

"……아닙니다."

"그보다 사장님이 많이 기다렸어요. 요즘 부쩍 도깨비들의 군기가 해이해졌다고 불안해하셨거든요."

"그건 걱정 마세요. 이참에 군기를 꽉 잡아 볼 테니까."

던전의 주인인 라이칸도 오랜만에 집으로 돌아온 참이었다.

무려 5개월 만의 귀환. 해이해진 도깨비들을 다그쳐서 정신을 바짝 차리게 만들면 좋을 것이다.

한데 던전으로 진입함과 동시에 강서준의 시야를 가리는 메시지가 있었다.

[D급 던전의 주인 '삼깨비 라이칸'의 복귀를 확인했습니다.]

[D급 던전 '달리는 유령열차'의 승급 조건이 완료되었습니다.]

[D급 던전 '달리는 유령열차'를 승급시킬 수 있습니다.]

5개월이란 긴 시간 동안 성장한 건 플레이어뿐만이 아니다.

강서준은 눈을 가늘게 뜨며 '달리는 유령열차'의 승급 대상을 확인해 봤다.

[D급 던전 '달리는 유령열차'는 C급 던전 '도깨비 특급열차'로 승급할 수 있습니다.]
[승급시키겠습니까?]

도깨비 특급열차라…….

두말할 것도 없이 강서준은 승급을 허락했다. 어차피 여기서 던전의 등급이 C급이 된들, 그가 제어하지 못할 건 없었으니까.

츠츠츠츳!

돌연 주변의 풍경이 뭉개지면서 '달리는 유령열차'의 내외부가 조금씩 변모하기 시작했다.

형태는 여전히 전철이었지만 허름하게 녹슬고 부서졌던 것들이 모두 신형으로 뒤바뀌었다.

또한 내부는 걷잡을 수 없을 정도로 확장됐다.

분명 전철 속으로 들어온 건데, 그 안에 거대한 성이 생겨난 것이다.

초원 위에 우뚝 솟은 도깨비의 성.

"가, 강서준 씨…… 이건?"

"복귀 선물이라 치죠. 여태 잘해 줬어요."

던전의 등급 업은 신우현 말고도 여태 자주 이용해 왔던 다른 길드원들도 깜짝 놀라게 하는 일이었다.

모름지기 던전에서 숱한 고생을 펼친 뒤, 전철의 한편에 구겨 앉아 휴식을 취하는 게 일상인 그들.

그조차 안전한 공간이라는 사실에 늘 감사하며 이용하던 던전이었다.

"……대박. 이거 침대입니까?"

"미친? 체력 회복 증가 효과가 있어."

"저거 매점이죠?"

그때 신우현은 날카롭게 눈을 빛내면서 길드원에게 다가갔다.

"손님, 죄송하지만 침대를 이용하시려면 우선 대실을 도와 드리겠습니다. 이용료는 차후 사장님과 합의하에 공지하죠."

"……알겠습니다. 어쩔 수 없죠."

미련을 담은 눈길로 숙소를 돌아보던 길드원은 차마 떨어지지 않는 발을 떼서 동료에게 돌아갔다.

로마에선 로마법을 따를 수밖에.

강서준은 신우현의 빠른 대처를 보며 혀를 내둘렀다.

'완전히 지상수 쪽 사람이 다 됐군. 그새 장사할 생각부터 떠올리다니.'

뭐 그래서 지상수가 신우현에게 이 던전을 맡긴 거겠지. 강서준에게 있어서 결국 이득이었으니 만족할 따름이었다.

그보다 강서준이 궁금한 건 다른 쪽이다.

"절 오매불망 기다렸다는 상수는 어디 간 거죠?"

"……사장님은 준비할 게 있다고 먼저 가서 기다린다고 하셨습니다."

"사장님?"

"네. 하지만 걱정하지 마십시오. 모든 전달 사항은 제가 갖고 있습니다."

신우현은 각종 문서 꾸러미를 강서준에게 건넸다. 꽤나 철두철미한 성격의 지상수는 여태 이 던전에서 벌어 온 수익이나 지출 내역을 모두 기입해 뒀다고 한다.

그나저나 이걸 지금 검토하라고?

책으로 치면 두꺼운 백과사전 같은 양에 강서준은 저도 모르게 헛웃음이 났다.

읽다가 날 새겠다.

"적합자. 그거 줘 봐."

"응?"

"잔말 말고."

감투에서 유유자적 놀고 있던 이루리가 훌쩍 뛰어나오더니, 강서준의 손에 있던 장부를 가져갔다.

파라락 장난이라도 치듯 장부를 들춰 보더니 말한다.

"장난질은 안 쳤네."

"응?"

"합리적으로 잘 정리했어. 계산도 착착 들어맞고."

무슨 소리인가 하니, 그녀는 지금 잠깐 들춰 본 것만으로 장부의 내용을 전부 확인하고 계산까지 마쳤다는 것이다.

진실의 성물인 그녀가 거짓을 말할 리도 없다.

'자칭 천재 해커였다더니…….'

강서준은 미간을 좁히며 말했다.

"넌 취업 걱정은 없었겠다."

"응?"

"아니야."

강서준은 쓰게 웃으며 이루리를 일별했다. 어쨌든 장부에 이상이 없다면 잘된 일이다.

지상수가 사기는 안 쳤다는 거니까.

그보다 중요한 건 수익금이다.

'많이도 벌었네. 새삼스레 내가 부자가 될 줄은 몰랐어.'

아무렴 아크에서 이용할 수 있는 가장 큰 규모의 이동 던전이었다.

유람선도 개발됐지만, 서울 전역을 오갈 수 있는 전철보다는 활용 면에서 부족한 게 현실.

이래서 독점은 사기적인 법이다.

'167억이라…….'

당장 강서준이 정산금으로 인벤토리에 옮길 수 있는 골드의 양이었다.

최하나가 한창 잘나갔을 때는 1년간 벌어들인 광고 수익이 100억이라며, 걸어 다니는 중소기업이란 말도 있었는데.

이제 강서준의 주머니가 그랬다.

"일단 전부 정산해 주세요."

"여기 수령 확인 사인 부탁합니다."

계약서까지 미리 준비해 놨을 줄이야. 중학생이라고 보기엔 너무나도 철저했다.

'……스킬이 무섭긴 무서워.'

그가 천무지체로 인해 전투엔 하등 어려울 게 없는 것처럼, 상인의 스킬을 가진 그는 나이와 상관없이 거래에 능한 것이다.

이후 사람들의 정비를 마친 나한석은 강서준에게 다가와 말했다.

"곧 헤어지겠군요."

"네. 그간 고생 많았어요."

"뭘요. 강서준 씨 덕분에 여기까지 올 수 있었던 겁니다."

강서준은 나한석을 비롯한 낙원의 플레이어들을 돌아봤다.

드림 사이드 1에 난입하여 외로운 싸움을 펼치던 이들.

이젠 꽤나 역전의 용사가 된 얼굴이다.

"다음에 아크에서 만나면 술이나 합시다."

"좋죠!"

도깨비 특급열차는 광명역에 잠시 정차했다가 서서히 서울을 향해 이동하기로 했다.

덩그러니 광명역에 남은 건 고작 다섯 명.

김훈과 최하나야 본래 강서준과 함께했으니 그렇다 치고, 진백호와 진혁수도 일행에 포함됐다.

강서준은 다시금 진백호를 바라봤다.

아니, 정확하게는 그 옆에 서 있는 아기자기한 형태의 '아쿠아'와 참새같이 생긴 '피닉스'였다.

─내가 어찌 이런 꼴이 되어…….

한탄해도 별수 없으리라.

설마 아쿠아가 노리던 몸이 '이 세계의 주요 인물'일 줄은 꿈에도 몰랐을 테니까.

해서 영혼을 책잡힐 줄이야.

아쿠아의 옆에서 불꽃을 내뿜으며 참새 크기의 피닉스는 비웃음을 내던졌다.

─뀨뀨뀨뀨…….

어쨌든 저들은 이제 강서준이 지켜야 할 존재였다. 진백호가 죽는다면 이 세계의 근간이 흔들리는 일이니까.

"후우…… 그럼 이동할까요?"

천안에 비해 대단히 따스한 광명역의 공기를 들이마신 강서준은 일행을 이끌고 거리로 나섰다.

목적지는 광명시에 자리한 광명동굴.

그곳에 '성녀'가 있다.

성녀 모르핀.

랭킹 6위의 플레이어이자, 천외천의 유일한 힐러.

그녀는 약간 꺼림칙한 사람이었다.

'두말할 것도 없는 괴짜.'

단순히 신성력에 스텟을 올인했기 때문이 아니다. 강서준이 그녀를 괴짜라 칭하는 이유는 오직 그녀의 독특한 플레이 방식에 있었다.

'신성력을 올리기 위해 몬스터도 가리지 않고 치료하는 사람이니까.'

물론 다소 독특하긴 해도, 따지고 보면 합리적인 방식이다.

숙련도를 올리는 데에 몬스터를 치료하든, 사람을 치료하든…… 결과적으로 그 스킬을 사용하기만 하면 되는 일이니까.

진짜 문제는 치료 이전에 있다.

'때리고 치료하고 반쯤 죽여 놓고 다시 치료하고…… 보다 보면 몬스터가 불쌍할 지경이니 원.'

그뿐일까.

그녀는 연구라는 이유로 몬스터의 곳곳을 자르고 찌르며 고문을 일삼기도 했다.

발톱을 뽑거나 아킬레스건을 자르는 건 일상. 몬스터를 어떻게 괴롭히면 고통스러워하는지를 실험하는 괴짜 과학자

같기도 했다.

강서준조차 그녀의 연구 이전에는 드림 사이드의 자유도가 그 정도로 넓은 줄은 몰랐으니까.

'어느 곳을 때리냐에 따라 미세하게 대미지도 다르다고 했고, 몬스터의 반응도 전부 달랐지.'

처음 그 사실을 알고 진짜 이 게임은 '갓겜'이다…… 뭐 그런 생각도 했었다.

결국 현실에서 벌어진 일이니 그런 자유도가 가능했던 것이지만.

한편 같은 생각을 한 걸까.

최하나는 약간 꺼림칙한 얼굴로 강서준을 바라봤다.

"결국 그녀를 찾는군요."

"아무래도 마족을 상대하려면 그녀가 필요할 테니까요."

솔직히 마주하기 약간 두렵다.

게임 내에서 봤을 때는 확실히 그녀는 성녀의 탈을 쓴 악마나 다름없었으니까.

혹시 인체 실험을 해 버리진 않을까.

과거에 NPC를 납치하겠다고 진지하게 계획을 짜던 그녀의 모습이 머릿속에서 아른거렸다.

'지레짐작하지 말자. 직접 만나 보기 전엔 아무것도 알 수 없어.'

냉혹한 저격수 클라크가 '아이돌 최하나'였고, 천외천 중에서도 랭킹 1위를 찍던 케이가 사실 '백수'였듯.

게임과 현실은 다르다.

성녀의 플레이 방식이 독특하다 하여 그 사람의 진면목을 쉽게 재단해선 안 될 일이었다.

막말로 FPS 게임을 한다고 실제 그 사람이 살인자가 되는 것도 아니지 않은가.

'……그렇게 따지면 우리나라의 미래가 어둡겠지. 청소년 중 총 게임 한 번 안 해 본 애들이 몇이나 된다고.'

강서준은 어깨를 으쓱이며 말했다.

"어쨌든 성녀를 만나 보죠. 듣자 하니 마음대로 만날 수 있는 위치에 있는 것 같지도 않지만……."

여태 가만히 있던 진혁수가 나지막이 입을 연 건 그때였다.

"근데 어째서 광명동굴이죠?"

"네?"

"저도 성녀에 대한 얘기는 얼핏 들어 본 적 있어요. 분명 그녀는 '미국인'이라고 했는데……."

아픈 아들을 데리고 있던 진혁수가 인터넷을 찾았을 때, 가장 먼저 검색해 본 게 '성녀 모르핀'이었다.

열병을 고칠 수 있을지도 모르니까.

하지만 그녀가 미국인이라는 걸 알고 진즉에 포기해 버린 것이다. 이 난리통에 미국으로 날아갈 수는 없었으니까.

"맞아요. 성녀는 미국인이죠. 살던 동네도 미국이고요."

링링에게 전해 들은 바로는 그녀는 미국의 플레이어였다.
평소와 같았다면 미국까지 비행기를 타고 넘어갔어야 할 것
이다.

강서준은 씨익 웃으면서 말했다.

"그래서 광명동굴로 가는 겁니다."

"……네?"

"그곳에 포탈이 열렸거든요."

강서준은 전혀 영문을 모르겠다는 표정의 진혁수를 향해
설명을 첨언하기로 했다.

"진혁수 씨는 던전 중 끝판왕이 뭐라고 생각하십니까?"

"……S급 던전?"

"아뇨. 그런 의미가 아니라 편의성을 중점으로 둬서요."

곰곰이 고민하더니 말한다.

"이동 던전인가요? 도깨비 특급열차 같은…….."

강서준은 고개를 끄덕여 일단 긍정했다.

틀린 말은 아니었다.

드림 사이드에선 편의성에 주목할 법한 던전을 대개 '이동
던전'으로 부르곤 했으니까.

도깨비 특급열차, 유람선…… 아마 드림 사이드 1에서는
마차의 형태를 했던 것들이다.

"하지만 그게 편의성의 끝판왕이 되진 못했어요. 진짜는
따로 있거든요."

눈치 빠른 진혁수가 강서준이 하는 말의 맥락을 파악하고
말했다.

"……그게 광명동굴인 겁니까?"

"네. 정확하게 말하자면 광명동굴에 생긴 '포탈 던전'이 그
이유입니다."

포탈 던전.

일명 '편의성의 끝판왕'이라 불리는 이 던전은 입구가 여러
개라는 특징이 있었다.

'입구는 세계 각지에 열리고 단 하나의 던전으로 연결돼.
즉, 이 던전을 경유하면 다른 입구로 나갈 수도 있다는 거지.'

원한다면 광명동굴을 통해 미국으로도 넘어갈 수 있었다.
잠시 말이 없던 진혁수도 어림짐작하더니 물었다.

"포탈 던전을 이용해서 외국으로 넘어가실 계획이군요.
성녀가 있는 미국으로요."

"음…… 반은 틀렸고 반은 맞아요."

"네?"

"다시 말하지만 우리 목적지는 미국이 아니에요. 포탈 던
전 그 자체죠."

강서준은 서서히 보이는 광명동굴을 확인할 수 있었다. 안
쪽에서 무채색을 띤 채로 은은하게 빛나고 있었다.

포탈 던전 특유의 색이었다.

"포탈 던전은 세계 각지로 문이 열리는 만큼 다양한 사람

들이 모여들기 쉬워요. 그 때문에 큰 규모의 시장이 만들어
질 수 있죠."

세계 각지의 강자들이 모여들고 수많은 자본이 흘러 들어
왔다. 포탈 던전은 성장할 수밖에 없는 이유를 갖고 있었다.

"문제는 이 땅엔 몬스터가 없다는 거고, 다른 곳으로 나가
는 문만이 생성된다는 거겠죠."

"……몬스터가 없는 게 문제가 돼요?"

"그럼요. 모르긴 몰라도 여긴 전 세계의 무력이 충돌하는
각축장이 될 테니까요."

몬스터가 생성되지 않은 유일무이한 안전지대. 하지만 던
전의 등급만큼이나 넓은 땅덩어리는 고스란히 남았다.

원한다면 세계 어디든 문이 열리기까지 하니…… 군침이
돌지 않는다면 거짓일 것이다.

강서준은 어깨를 으쓱이며 말했다.

"성녀는 그런 곳에서 지금 가장 큰 세력의 단체를 이끌고
있답니다."

"아……."

"그리고 성녀란 존재는 세계의 누구나 원할 수밖에 없죠.
그녀의 힐량은 가히 신의 기적과도 같을 테니까. 아마 경쟁
이 심할 겁니다."

현대 의학으로도 해결할 수 없는 각종 병들마저 고쳐 낼
것이다. 실질적으로 드림 사이드 2가 되면서 가장 큰 기적은

성녀의 등장이었다.

"그러니 조심해요. 우린 전쟁터로 가는 걸지도 몰라요."

동시에 강서준은 손을 들어 어디선가 날아온 화살을 콱 집을 수 있었다.

아연실색하여 놀라는 진혁수.

빠르게 무기를 꺼내어 경계를 하는 일행을 돌아보며 그가 말했다.

"어쩌면 이미 들어왔는지도 모르지만요."

매복을 예상하지 못한 건 아니다.

콰앙! 콰아아앙!

포탈 던전.

다시 말하지만 이곳은 향후 세계의 거점이 될 정도로 그 가능성이 무궁무진한 장소니까.

누구든 주도권을 가져가려 할 것이다.

매복도 그 일환이었다.

'하지만 던전에 입장도 하기 전에 이 난리라…… 흐음.'

부지불식간에 공간을 가르고 날아오는 건 반월의 형태로 압축된 공기였다.

바람을 활용한 마법 '바람 칼날'.

눈에 보이지 않는다는 특징과 **빠른** 공격 속도로 인해서 대인 전투에 지나치게 탁월한 성능을 가졌다.

강서준은 류안부터 활성화시켰다.

'마법사는…… 옥상에 있어.'

보이지 않는 마법이라 해도 그 흐름까지 속일 순 없다.

류안으로 흐름을 쫓은 강서준은 곧바로 광명동굴 인근 건물의 외벽을 박차고 올라 옥상에 다다랐다.

날카로운 바람 칼날과 수시로 쏟아지는 화살 세례가 그를 방해했지만, 소용없는 짓이었다.

[스킬, '초상비(F)'를 발동합니다.]

타아아앙!

한 번의 총성이 울리며 누군가의 미간이 꿰뚫렸다.

여지없이 뒤로 넘어가는 궁수들.

강서준은 그때를 놓치질 않았다.

[스킬, '파이어볼(F)'을 발동합니다]

수 개의 파이어볼이 정면을 불태우고 궁수들을 괴롭혔다.

마법사들이 애써 방해했지만 공간을 이동하는 최하나의 총알을 피할 방법은 없었다.

그렇게 둘에게 어그로가 끌린 사이.

스거어억!

공간이동으로 순식간에 근접한 김훈의 기습이 펼쳐졌다.

눈을 휘둥그레 뜬 마법사들이 잠시 김훈에게 시선을 팔리고 말았다.

큰 실수였다.

"다짜고짜 기습이라…… 넌 누구냐?"

"……!"

"뭐 당장 말할 필요는 없어."

재차 그를 노리고 쏘아진 바람 칼날이 약간 위협적이었지만, 가뿐히 피해 내며 마법사의 목을 잘라 냈다.

강서준은 검에 묻은 피를 털어 내며 말했다.

"아직 끝난 게 아니에요. 매복한 놈들 아직 많아요."

"왼쪽은 제가 맡을게요."

"오른쪽은 제가……."

그렇게 양측으로 흩어진 최하나와 김훈이었다. 강서준은 호흡을 가다듬고는 동굴 내부로 시선을 돌렸다.

사실 이쪽이 본진인 듯했다.

가장 강력한 마력이 수시로 휘몰아쳤으니까.

'보스몹도 아니고…… 귀찮게.'

류안은 흐름을 보는 눈이기에 상대의 수준을 명확하게 판단할 근거가 없다. 하지만 대충 봐도 알 수 있는 건 상대가 무시할 수 없는 강자라는 점.

'과연……'

어둠이 깔린 동굴 내부로 들어서니, 누군가가 권태로운 눈으로 그를 기다리고 있었다.

"너가 케이입니까?"

어눌한 말투.

지난날 짝퉁 하르트처럼 진짜 한국어를 구사하는 게 아니라, 통역 스킬로 하는 말이라 어색하기만 했다.

'통역 스킬의 등급이 낮은 거겠지. 그나저나 중국인이라……'

무협지에서 당장이라도 뛰쳐나온 듯한 복장과 삼국지에 나올 법한 청룡언월도를 꽉 쥔 청년.

나이는 동년배로 보였다.

"본인은 추공이다. 케이. 당신의 명성은 익히 들었다."

"그거 영광이네."

"싸우자. 널 쓰러트려 위대한 진 제국의 위상을 드높일 예정일 것이다."

인터넷 번역기라도 돌린 듯한 어눌한 말투에 비해, 놈이 잡는 자세는 긴장을 불러왔다.

다소 위협적이었다.

'스텟은 엇비슷하려나……'

아직 영혼 수급이 부족하여 이매망량은 봉인해야 했다.

그가 활용할 스킬은 재앙의 유성검의 전용 스킬인 '블러드 석션'.

물론 이걸로도 충분했다.

사소한 문제가 있다면…….

"나랑 싸우자면서 왜 친구들을 데려와. 양심도 번역기에 갈아 버렸냐?"

"진 제국은 하나다! 죽어라!"

어둠 속에 숨어 있는 놈들이 정체를 드러내자 물경 수십은 되는 중국인들이 나타났다.

유기적인 움직임.

마치 무협지의 천라지망(天羅地網)이라도 펼친 듯 촘촘한 포위망이 상당히 인상적이었다.

"근데 다 보이거든?"

가볍게 혀를 찬 강서준은 두 다리의 근육을 팽팽히 당겼다. 그리고 금빛으로 물들인 눈으로 놈들의 움직임을 빠짐없이 읽어 냈다.

흐름 속의 빈틈.

그곳으로 여지없이 파고들면서 재앙의 유성검을 재빠르게 휘둘렀다.

[장비 '재앙의 유성검'의 전용 스킬, '블러드 석션'을 발동합니다.]

"으아아악!"

바깥으로 터지는 핏물은 없었다. 그대로 검이 미친 듯이 흡수해 버렸으니까.

강서준은 물 흐르듯 놈들의 포위망을 잘라 내면서 말했다.

"맞다. 궁금한 게 있어."

"......?"

"내가 케이라는 거 어떻게 알았어?"

그가 지구로 복귀했다는 소식은 아직 많이 알려져 있지 않았다.

다들 죽은 줄만 아는 게 그였다.

"다짜고짜 날 케이라 부르질 않나, 이만한 인원을 미리 준비한 것도 그렇고...... 내가 여기 올 줄 알고 있었나 본데."

하지만 놈은 강서준의 말을 제대로 알아듣질 못했다. 통역 스킬이 오직 말하는 것에 치중된 걸까.

그도 아니면 모른 척하는 걸까.

"너는 오늘 죽었다. 이 추공의 창술이 널 찌를 것이다."

같은 말만 반복하고 있었다.

"됐다. 말해 뭐 하겠냐."

물어도 돌아오지 않는 질문은 할 필요가 없다. 그리고 상대가 누구든 당장 그들의 목적은 하나였다.

강서준을 죽여야겠다는 것.

집단으로 펼치는 살기가 불쾌할 정도로 그 주변을 감싸고 있었다.

"결국 내가 할 일도 하나인데."

아직 배가 고프다는 듯 아우성을 치는 재앙의 유성검을 의식하며, 강서준은 묵묵히 적진으로 뛰어 들어갔다.

전투는 갈수록 쉬워졌다.

'확실히 재앙의 유성검의 봉인이 많이 헐거워졌어.'

레벨 300제의 아이템.

그의 스텟 수치가 300에 가까워질수록 재앙의 유성검은 본연의 능력을 발휘하고 있었다.

검의 예기는 예전보다 훨씬 날카로웠고, 단번에 빨아들이는 피의 흡수량도 상당했다.

더욱 고강해진 블러드 석션은 재앙의 유성검이 가진 역량을 한층 강력하게 폭증시켜 줬다.

'진 제국'이란 수상한 중국인 집단을 타파하기엔 모자람이 없었다.

"허억…… 있을 수 없는 일이었다. 이렇게 강할 수가."

번역체의 말투로 피를 토하는 추공.

주변엔 어느덧 싸늘한 주검이 된 놈의 동료들이 가득했다.

목숨을 노리고 집단으로 매복하던 놈들이었다. 일말의 동정심은 떠오르지도 않았다.

모두 업보다.

'애초에 다른 사람의 목숨을 노렸으면, 본인도 이렇게 될 줄은 알고 있어야지.'

강서준은 낮게 혀를 차면서 말했다.

"그러니 그만 가라."

스거어억!

애써 찔러 오는 추공의 창을 피해 놈의 간격을 파고들었다. 휘두른 단검은 무자비하게 추공의 심장을 찔러 피를 빨아들였다.

[장비 '재앙의 유성검'의 전용 스킬, '블러드 석션'을 발동합니다.]

피가 쪽 빠져나가면서 결국 추공은 눈을 뒤집어 까며 바닥에 나자빠지는 수밖에 없었다.

전투의 끝이었다.

"후우……."

길게 숨을 내뱉으며 게걸스럽게 피를 빨아먹는 재앙의 유성검.

일단 가만히 내버려 뒀다.

과할 정도로 피를 머금으면 시전자의 피를 탐할 정도로 폭주하기에 자제했던 일이지만.

봉인이 헐거워져서 이젠 그 정도의 제어는 가능했다. 머금은 피를 보관할 피통도 있으니 걱정은 없었다.

되레 많이 먹을수록 유익하다.

"자, 그럼 어디……."

뜬 눈으로 죽어 버린 추공을 애써 무시하며 강서준은 재앙의 유성검을 허리벨트에 수납했다.

만족스러운 듯 순순히 복귀하는 단검.

강서준은 재앙의 유성검을 일별하고 일단 추공의 머리로 손을 내밀었다.

아직 그에겐 할 일이 남아 있었다.

<u>츠츠츠츳!</u>

죽는 그 순간까지 왜 습격을 했는지 도통 입을 열질 않으니, 그 영혼에게 물어볼 생각이었다.

[장비 '도깨비 왕의 반지'의 전용 스킬, '도깨비의 부름'을 발동합니다.]

푸른 빛깔을 내뿜으며 새로 부활한 추공은 아무런 의지도 없는 눈깔을 떴다.

완전히 복종한 눈치.

강서준이 물었다.

"내가 케이인 줄은 어떻게 알았지? 누구의 사주를 받은 거야?"

도깨비 왕에 의해 부활한 영혼은 응당 그 질문에 답해야만 할 것이다. 강서준의 말에 추공은 일말의 머뭇거림도 없이 입을 열었다.

근데 문제가 있었다.

－秦帝國是以偉大的中國意志鑄造的…….

"잠깐."

미간을 구긴 강서준은 추공의 영혼을 가만히 노려봤다. 설마 죽은 영혼은 통역 스킬을 쓸 수 없는 걸까.

가지고 있던 스킬이라면 적용되어야 할 텐데.

강서준은 나지막이 깨달을 수 있었다.

'아이템이었구나.'

통역 스킬을 가진 아이템을 착용했더라면 충분히 이해할 수 있었다.

아마 통역 스킬을 보유한 아이템은 말하는 순간과 들려오는 순간을 번역하는 기능을 가졌을 것이다.

'반면 영혼은 말할 수 없지.'

분명 입을 열고 말을 꺼내지만, 사실 그건 '성대'를 통해서 뽑아내는 진짜 음성은 아니었다.

영혼의 생각이 전달될 뿐이다.

즉 영혼까지 통역 효과를 볼 수는 없고, 놈이 중국어를 읊어도 이상하지 않은 것이다.

"이건 예정에 없던 일인데."

하지만 강서준은 금세 미련을 털어 냈다. 애써 잡은 시체를 활용하지 못하는 게 아쉬웠지만 아직 시체는 많았기 때문이다.

이 중에 통역 스킬을 익힌 자가 한 명쯤은 있겠지. 뭣하면 바깥에서 죽인 영혼을 부활시키면 될 일이다.

그렇게 생각할 때였다.

"진 제국은 위대한 중국의 의지로 만들어졌대요."

"……최하나 씨?"

금방 전투를 마쳤는지 온몸에 열기를 내뿜으며 최하나가 동굴로 들어왔다. 그녀는 영혼 상태인 추공을 확인하더니 말했다.

"이놈들 중국인이었군요."

"……중국어 능숙하시네요?"

"뭐 조금은. 제가 워낙 공사가 다망했잖아요."

하기야 아이돌 가수였다.

종종 중국 쪽으로 콘서트를 열었던 그녀였으니, 중국어 정도야 무리 없이 가능할 것이다.

"가능하다면 통역 좀 해 주시겠어요?"

흔쾌히 고개를 끄덕인 최하나는 추공에게 몇 가지 질문을 던졌다.

능수능란하게 대화를 주고받은 그녀는 빠짐없이 그 대화 내용을 번역해서 알려 줬다.

"이들은 진 제국이란 중국 측 플레이어예요. 우릴 습격한 이유는 역시 강서준 씨를 막기 위함이었고요."

"죽이는 게 아니라요?"

"같은 뜻이에요. 죽여서 막든, 아예 불구로 만들든...... 어떻게든 포탈 던전으로 들어오지 못하게 만드는 게 목적이었죠."

이후로도 몇 개의 질문을 더 던져 저들이 어떻게 '케이'의 정체를 알고 있었는지도 들을 수 있었다.

"......제가 이곳에 올 거라는 걸 말한 사람이 박명석 씨라니."

"그렇답니다. 한국 측 플레이어들의 대화를 엿듣고 비밀리에 작전을 기획한 모양이에요."

강서준은 잠시 입을 다물었다가 다시 열었다.

"......일부러 흘린 거겠죠?"

"아무래도 그렇겠죠. 그 사람이 그리 허술하지도 않잖아요."

젊은 나이에 국회의원이 됐고, 현실이 된 게임 속에서도 살아남아 기어코 아크의 중역이 된 남자였다.

그가 실수를 했다기보다는 일부러 흘렸다는 표현이 훨씬 어울릴 것이다.

"암살자가 파견될 걸 모를 리는 없고...... 혹시 박명석 씨의 상태가 이상한 건 없었죠?"

"글쎄요. 저도 못 본 지는 오래됐어요."

"일단 주의해야겠군요."

설마 박명석이 일부러 그의 뒤통수를 때렸다는 생각은 들지 않았다. 케이라는 존재가 그리 가벼운 건 아니었으니까.

자고로 정치인은 유리한 쪽에 붙기 마련인데, '케이'라는 강력한 패를 바닥에 내던질 정도로 그가 어리석지도 못했다.

'나보다 더 강한 패를 손에 쥐었으면 얘기가 달라지겠지. 마족에게 정신을 지배당했으면 또…….'

어쨌든 그가 모르는 모종의 이유가 있을 것이다.

"결국 직접 만나 보는 게 최선입니다. 일단 포탈 던전으로 이동해야……."

하지만 말을 끝마치기도 전에 밖에서 요란스런 소음이 들려왔다.

한 외국인이 인질을 붙들고 있었다.

"가, 강서준 씨……!"

잔뜩 겁에 질린 진혁수와 목에 칼이 겨눠진 진백호가 나란히 질질 끌려 들어오고 있었다.

"움직이지 마라. 죽여 버리기 전에."

그들은 한국말을 능숙하게 내뱉고 있었다. 원어민에 가까운 걸 보면 중국인은 아니었다.

혹시 화교일까?

강서준은 미간을 구기며 말했다.

"근데 너 실수하는 거야."

"허세 부리기는……."

이죽이며 다가온 사내는 꽤 자신만만했다. 강서준과 최하나를 차례로 살펴보더니 말했다.

"김훈 그 녀석을 믿는 모양인데…… 이곳으로 공간이동하진 못할 거야. 그 정도 방비도 안 했을까."

아무래도 김훈의 존재까지 명확하게 아는 듯했다. 대체 그들에 대한 정보를 어디까지 알고 있는 걸까.

"가만히 있어. 네놈들이 이게 뭔지는 잘 알 텐데?"

복면인의 단검은 불길한 모양을 하고 있었다. 두말할 것도 없었다. 저건 '저주받은 극독'이라는 저주 아이템이었다.

찔린 즉시 중독시키겠지.

하지만.

"야, 생각을 좀 해라. 왜 저 사람들을 그냥 두고 움직였겠냐."

"……뭐?"

"왜겠어. 지킬 필요가 없으니까."

진혁수는 고사하고 이 세계의 진백호는 지켜야 하는 1순위 인물일 것이다.

하지만 이런 상황에서 그를 지키기 위해 무리를 할 필요가 있을까?

강서준은 쓰게 웃었다.

그는 전처럼 인사불성으로 누워서 잠만 자는 잠자는 천안의 왕자님이 아니었다.

강서준은 진백호에게 말했다.

"알아서 할 수 있겠죠?"

"……네?"

이후 강서준은 아예 그쪽으로 시선을 두질 않았다. 관심이 가는 건 광명동굴 내부에 자리한 포탈 던전의 입구였다.

몬스터가 없어 그저 무채색으로 빛나는 기이한 문.

이 너머엔 아무래도 수많은 권력 다툼이 펼쳐지고 있을 것이다.

"감히 날 무시해? 진짜 이놈이 어찌 돼도 괜찮은 것이냐!"

뒤편에서 당황한 목소리가 들려왔다. 기어코 진백호의 목에 칼을 찔러 넣었을까? 순간적으로 동굴 내부가 환하게 밝게 빛날 정도로 커다란 불기둥이 치솟았다.

"끄아아아악!"

불에 타오르는 남자.

극독이 묻은 단검은 독채로 불타서 바닥에 떨어졌고, 잔인할 정도로 잿더미가 된 남자는 풀썩 쓰러지기까지 오래 걸리지 않았다.

"……으아아앗!"

뒤늦게 놀라는 진백호의 곁엔 귀찮다는 듯 짹짹거리는 한 마리의 불새와 코를 막고 연기를 밀어내는 한 소녀 정령이 있었다.

"그러게. 건들 사람을 건드려야지."

진백호.

이 세계의 주요 인물이긴 하나…… 솔직히 말하자면 더 어울리는 별명이 있을 것이다.

'걸어 다니는 폭탄.'

자칫 잘못 건들면 터지고 말 것이다.

이후로도 몇 개의 영혼을 털어 정보를 수집한 강서준은, 거두절미하고 포탈 던전으로 진입하기로 했다.

"얻을 수 있는 정보는 다 얻었어요. 나머지는 직접 보고 판단하는 게 빠르겠어요."

백문이 불여일견이랬다.

차분하게 장비를 점검한 강서준은 무채색으로 빛나는 던전을 바라보며 나지막이 침을 삼켰다.

"아마 전투가 벌어질 겁니다. 어쩌면 진 제국 따위는 우스울 정도로 많은 적을 만나게 될지도 몰라요."

당연한 얘기다.

이곳은 '도깨비 특급열차'와는 비교조차 안 된다.

전 세계로 문이 열린 던전.

세계의 자본이 움직이는 곳이다.

"발견된 지 얼마 되지도 않은 던전이 거의 도시에 버금가는 수준으로 변모했다니…… 말 다 한 거죠."

더불어 세계는 안정기에 접어들고 있었다. 정규 업데이트를 앞둔 시점. 콘텐츠가 없다고 느껴지는 대착각의 시기였다.

아크에서 길드가 생겨난 것과 같다.

사람들의 욕망이 가장 발현되기 최적의 조건을 갖춘 때였다.

"안쪽에선 더욱 행동을 주의하도록 하죠. 아예 전쟁터라고 여기죠."

"알겠습니다."

"특히 진백호 씨…… 가능한 한 나서지 마요."

폭탄과도 같은 그가 우려되는 점도 있었지만, 가능하면 그의 정체 자체를 숨기고 싶었다.

모르긴 몰라도 두 정령왕을 품은 존재는 세계 각국에서 누구나 스카웃해 가고 싶을 인재니까.

"……아, 알겠습니다."

매가리가 없는 대답이었지만 그러려니 넘기기로 했다. 가만히만 있어도 존재감은 크게 도드라지는 아이가 아니었으니까.

진혁수도 있다.

괜찮을 것이다.

"그럼 들어가죠."

일행은 문턱을 밟고 포탈 던전 내부로 진입할 수 있었다. 그 과정은 다른 던전과 다를 게 없었다.

[B급 던전 '미지의 땅'에 진입했습니다.]

[출입구는 '광명동굴'입니다.]

어둡고 고요하던 동굴의 정경이 순식간에 밀려가고, 환한 대낮의 풍경이 눈앞에 나타났다.

잠시 눈을 껌뻑이며 주변을 둘러본 강서준은 일단 헛웃음을 지을 수밖에 없었다.

들어서 알고 있었지만.

'여긴 생각보다 더…….'

강서준의 시야에 가장 먼저 보인 건 느긋하게 커피를 즐기는 세계 각지의 사람들이다.

대로를 자유로이 걷는 사람도 있었다.

뭐라고 할까.

'잔뜩 긴장한 게 무색할 정도로 평화로운 광경이로군.'

던전 같질 않았다.

차라리 번화가의 도시, 서울의 명동이나 프랑스의 파리라고 해도 이상하지 않을 것이다.

최하나는 짧게 평을 내렸다.

"이태원 같기도 해요."

거리를 오가는 사람들은 각양각색의 복장을 하고 있다는 점이 꽤 다를 것이다.

할로윈의 이태원처럼.

갖가지 장비를 갖춘 이들은 다양한 국적만큼이나 그 직업
도 전부 다른 눈치였다.

종종 아시아인도 더러 보였고, 푸른 눈의 금발을 한 이들
도 어렵지 않게 찾을 수 있었다.

흑인도 꽤 보였다.

"……관광지라 해도 믿겠어요."

하지만 보이는 게 전부가 아닐 것이다. 평화로운 풍경으로
오기까지 그는 매복을 견뎌야 했으니까.

여긴 욕망이 들끓는 곳이다.

그리고 때로 인간의 욕망은 전쟁으로 번지는 법이다.

오랜 역사가 증명했다.

"일단 움직이죠."

이곳은 총성 없는 전쟁터였다.

한정 경매

B급 던전 '미지의 땅'.

단순히 보기엔 평화롭기만 한 이곳엔 사실 알게 모르게 치열한 알력 다툼이 펼쳐지고 있었다.

수면 아래 분주히 움직이는 백조의 발과 같았다.

"추공이 죽었다고……."

"네. 확인한 바로는 생존자는 전무합니다. 전원 사망했습니다."

던전에서도 높게 솟은 빌딩인 '골드 타워'에서 심각한 얼굴로 대화를 주고받는 이들이 그러했다.

분주하게 욕망을 드러내는 이들.

그중 진 제국의 황제 '칭트리칸'은 그의 부하 '송명'을 내려다보고 있었다.

"정보가 누설됐을 가능성은?"

"없습니다. 철저하게 암시를 걸어 놨으니 저희들의 소행이 밝혀질 일은 없습니다."

"쯧……."

칭트리칸은 가볍게 혀를 찼다.

"결국 소문은 사실이었나."

그 말에 옆에서 기다렸다는 듯이 맞장구를 치는 사내가 있었다. 진 제국에서 참모를 담당하는 송명은 차분하게 대답을 준비했다.

"아무래도 상대는 '케이'로 추정됩니다. 못해도 그에 준하는 플레이어라는 건 확실합니다."

"진짜 케이가 돌아왔다니……."

추공은 진 제국에서도 상위권을 노니는 플레이어.

그를 죽였다는 건 그만한 능력이 있다는 방증이었다.

칭트리칸은 소문의 진위 여부를 결국 진실로 받아들일 수밖에 없었다.

"빌어먹을. 그 작은 땅덩어리엔 대체 랭커가 몇 명이야?"

절로 터져 나온 욕지거리였다.

그만큼 황당한 일이다.

들리는 얘기로는 랭킹 3위인 '링링'이 아크의 실질적인 주인. 그러니까 한국의 대표였다.

랭킹 12위의 최하나가 링링의 가장 강력한 무기 중 하나라는 건 익히 알려진 사실.

그뿐이 아니었다.

'그 괴물'도 소속을 살펴보면 아크가 아니던가.

인구수도 작고 영토도 좁은 그 작은 속국이 보유하기엔 너무나도 강대한 힘이 아닐 수 없었다.

"케이까지 합세하면 정말 답도 안 나오겠군. 빌어먹을 게임강국."

세계가 이 꼴이 나기도 전부터 참으로 거슬리던 민족이었다.

작은 땅덩어리에 사는 속국 주제에…… 감히 대(大)중국의 위로 올라서려는 것들이 많았다.

그중 게임은 솔직히 암담했다.

E스포츠 분야로 몇 번이나 고배를 마신 중국 팀에 비해, 한국 팀은 우승을 밥 먹듯이 해 댔다.

3년 연속 월드컵 수상만 봐도 그렇다.

천외천의 보유 숫자만 봐도…….

"그자가 진짜 케이든 아니든 이대로 합류하게 둘 수야 없지. 들개들은 지금 뭘 하고 있지?"

"복귀 중입니다."

칭트리칸은 주머니에서 두꺼운 담배를 꺼내어 입에 물었다. 송명은 곧바로 라이터를 꺼내어 불을 붙여 줬다.

"후우…… 들개들에게 전해라."

"네."

"새로운 먹잇감이다."

목표는 단연 최근에 한국에서 입장한 '케이'와 그 추종자들이다.

칭트리칸은 담뱃재를 털더니 말했다.

"아니지. 견주(犬主)에게도 연락을 넣어라. 이번엔 직접 나서라고 말이야."

"존명."

깊게 들이마신 연기만큼 돛대에 붙은 불길은 새카맣게 타들어 갔다. 남자는 짜증 섞인 눈으로 창가를 내려다봤다.

번쩍이는 네온사인으로 장식된 도시.

제2의 홍콩으로 만들겠다는 일념 하나로 투자한, 포탈 던전 내의 신도시가 그곳에 있었다.

"이 땅은 내 것이다."

황제 칭트리칸의 포부였다.

한편 강서준은 휘황찬란한 조명 아래에서 기다란 레드카펫을 따라 움직이고 있었다.

괜히 위축될 정도로 번쩍이는 벽면이 눈에 띄는 그런 곳이었다.

"이 정도면 몇 성 호텔일까요?"

"글쎄요. 적어도 제가 묵어 봤던 그 어떤 호텔보다 화려하다는 건 알겠습니다."

"크흠…… 굉장하군요."

유명 연예인인 그녀는 5성급 호텔에도 묵어 본 경험이 있을 것이다. 그런 그녀가 보기에도 화려하다는 건 익히 말하는 5성급 호텔에 준하다는 뜻.

"그나저나 여기서 누굴…… 아."

호텔을 둘러보며 중얼거리던 최하나는 로비에서 느긋하게 티타임을 즐기는 소년을 발견할 수 있었다.

그는 강서준을 발견하더니 손을 좌우로 크게 흔들었다.

"누나? 형! 여기! 여기예요!"

랭킹 9위.

전투력은 말할 것도 없지만 그 상술은 그 누구도 따라오지 못한다던 상인계의 천외천.

잭.

지상수가 그들을 기다리고 있었다.

"준비할 게 있다더니…… 혼자 호사를 누리고 있었네."

"이게 제 준비인걸요."

"응?"

"숙소요. 일단 따라와요. 완벽히 준비해 뒀다고요."

그러더니 지상수는 일행을 이끌고 호텔에서도 가장 높은 층으로 올라갔다.

한눈에 봐도 가장 비싼 방.

문손잡이가 금으로 된 것부터 텔레비전은 투명했고, 곳곳에 놓인 장식물은 고가의 세공품을 진열해 둔 듯했다.

"일단 이곳이 한동안 지낼 곳이고요. 흠…… 나머진 밥이라도 먹으면서 얘기를 나눌까요?"

그 말에 강서준은 어안이 벙벙한 얼굴로 테이블 앞에 앉았다. 기분이 참으로 묘했다.

살아생전 이런 곳에 오게 될 줄이야.

두바이 왕자가 큰돈을 주고 호텔에 묵는다면 이런 기분이지 싶다.

그는 참지 못하고 방을 더 둘러보기로 했다. 멀리 뻗은 던전 내의 풍경은 서울의 야경 저리가라 할 정도로 번쩍이는 도시였다.

몇 번을 봐도 기가 막힌 야경이다.

아니, 멸망한 현 세계에선 가장 도시다운 풍경을 갖고 있을지도 모르겠다.

'……허.'

곧 방문을 두드리고 각종 음식들이 테이블 위로 나열됐다.

산해진미(山海珍味)였다.

강서준은 그중 큼지막한 고기를 포크로 콕 찍었다. 핏물이

주륵 윤기를 따라 흐르는 스테이크였다.

"그간 돈 좀 벌었나 봐?"

"그야 당연하죠. 제가 누굽니까."

"흠…… 근데 이거 보면 나한테 들어온 수익이 좀 적은 게
아닐까 싶네."

지난번 신우현을 통해 정산받은 수익금은 그가 한평생 벌
어 본 적이 없는 액수였다.

하지만 반년을 넘도록 사업에 매진했을 잭이 벌어들였을
돈이라기엔 모자랄 것이다.

'게임 속에서의 그는 가히 장사의 신이었으니까.'

지상수는 어깨를 으쓱이며 말했다.

"섭섭하게 생각 말아요. 계산은 정확했으니까. 제가 감히
형을 상대로 사기 치겠어요?"

"응."

"……어쨌든 형과 관련된 사업은 전부 정산했어요. 나머
진 제 개인적인 일이라고요."

지상수는 포크로 까르보나라를 돌돌 말아 입에 큼지막하
게 넣어, 우물우물 씹었다.

식사는 무르익었고.

슬슬 배가 차오를 즈음에야 지상수는 본격적으로 이야기
를 꺼내기 시작했다.

"그나저나 성녀 말인데요."

식기를 달그락거리던 지상수는 이내 음료로 목을 축이더니 말했다.

"아무래도 만나는 게 더 까다로워졌어요. 어찌나 감싸고 도는지…… 만날 수 있는 최소 조건이란 게 생겨 버렸지 뭐에요."

"최소 조건?"

"그래서 어쩔 수 없이 형 이름을 팔아야 했다고. 그건 좀 미안했다고 명석이 형이 전해 달래요."

강서준의 눈이 가늘어졌다.

케이의 귀환 소식을 흘린 데엔 역시 그가 알지 못하는 모종의 이유가 있었던 모양이다.

"적어도 올림픽 개최를 미루려면 케이라는 이름은 필요했으니까요."

"……응? 올림픽?"

"말 그대로 '국가 대항전'이죠. 살육이 허용돼서 전처럼 스포츠 정신 따위가 살아 있는지는 모르겠지만."

지상수는 쓰게 웃으며 말했다.

"포탈 던전은 매주 '올림픽'을 통해 던전의 주인 자리를 두고 싸우거든요. 점유권 다툼이죠. 괜히 뒤에서 싸우지 말라고 판을 깔아 놓은 겁니다."

"꽤 화끈한 방식이네."

"아무렴요."

지상수는 식사를 마쳤는지 손수건으로 입을 슥 닦았다. 슬슬 다른 일행들도 식사를 마무리하고 있었다.

"그래서 형은 그곳에서 상위권에 올라가야만 해요. 그래야 성녀를 만날 기회란 게 생기니까."

"이야기가 그렇게 되나?"

"네. 성녀는 올림픽의 상위권에 오를 정도로 검증된 플레이어만 접견하겠다고 공언해 버렸으니까요."

참으로 번거로운 얘기였다.

던전의 주인 자리야 차지하면 좋고, 차지하지 못해도 그만이었으니까.

사실 강서준은 '포탈 던전' 자체에 큰 메리트를 느끼질 못하고 있었다.

괜한 알력 다툼에 귀찮을 뿐이었다.

'전 세계를 자유자재로 이동할 권리는 특별하겠지. 수많은 재력을 갖게 될 거고.'

하지만 그만한 책임도 필요하다.

치열하게 치고 박고 올라올 세력을 견제해야 했고, 그만한 시간과 노력이 있어야 유지할 수 있는 자리였다.

강서준은 그런 노력을 귀찮아했다.

비단 이건 강서준만의 생각은 아니었다. 실제 천외천을 비롯한 최상위 랭커는 포탈 던전에 큰 의미를 두질 않고 있었으니까.

'있으면 편하고, 없어도 그만이야.'

무엇보다 아크엔 링링이 있는 한 '포탈 던전'에 목을 맬 필요가 없다.

머지않아 그녀가 개발해 낼 테니까.

전 세계 어디든 이동할 수 있는 '포탈'을…… 공간이동 마법을 말이다.

그녀는 최고의 마법사니까.

'한데 성녀는 달라.'

모르긴 몰라도 성녀는 게임에서도 그렇고, 현실에서도 대단히 중요한 위치에 서 있었다.

힐러 중 최상단에 있는 자.

고치지 못할 병은 없었고, 특히 그녀의 눈을 피할 바이러스는 악독한 마기를 포함해서 없을 것이다.

성녀는 존재 자체만으로 빛이 난다.

'그 무엇도 대체할 수 없어.'

강서준은 귀찮음에 혀를 차면서 말했다.

"결국 올림픽에 나가는 것 말고는 방법은 없겠네."

"네. 성녀가 원하는 게 그거니까요."

강서준은 애써 미련을 털어 내기로 했다. 어차피 해야 할 일이라면 다른 생각은 접는 게 낫다.

이참에 포탈 던전을 얻으면 더 좋다.

한편 진혁수가 의문을 품고 물었다.

"근데 강서준 씨가 더 검증이 필요한가요?"

"네?"

"그렇잖아요. 케이라는 이름으로 올림픽 개최일을 미룰 정도인데. 그 실력을 더 검증해요? 앞뒤가 안 맞잖아요."

일리가 있었다.

애초에 케이라는 플레이어는 랭킹 1위라는 전적부터, 천외천의 상단에 자리한 존재.

그 업적보다 대단한 증명이 있을까.

지상수는 어깨를 으쓱이며 답했다.

"아무래도 반만 믿는 눈치더라고요."

"반만 믿는다?"

"케이라는 업적은 믿지만 현실에서의 케이는 아직 증명된 게 없다고요."

"아……."

즉 업적을 믿고 출전 자격 정도야 주겠지만, 이번 올림픽을 통해 '케이'의 실력부터 증명하란 것이다.

우우웅.

그때 테이블 위에 올려 뒀던 지상수의 스마트폰이 진동했다.

거길 보던 지상수가 자리에서 일어나면서 말했다.

"뭐 그건 그거고…… 다들 식사 마쳤으면 자리부터 옮기죠."

"어디 갈 곳이 더 있어?"

"말했잖아요. 준비해 둔 게 있다고."

그대로 방을 나선 지상수가 향한 곳은 호텔의 지하였다.

이미 수많은 사람이 모여 술잔을 기울이며 무언가를 기다리는 특별한 장소였다.

지상수는 그곳에서 더 안으로 들어갔다. 커다란 스크린이 장식된 커다란 방이었다.

"여긴 뭐야?"

"형. 전 세계에서 플레이어들이 모여들었어요. 그럼 무슨 일이 벌어지겠어요?"

문득 스크린에 뭔가가 나타났다.

일단 로고…….

머리에 뿔이 세 개 달린 도깨비였다.

깨비물산

뒤이어 낯익은 사람이 앞으로 나서더니 능숙하게 마이크를 쥐고 입을 열었다.

"오늘도 저희 깨비물산을 찾아 주신 고객님들 감사합니다. 오늘은 특별한 날이죠? 맞습니다. 바로 한정 경매가 진행되는 날입니다!"

잠깐.

준비했다는 게 설마…….

"어때요? 기가 막히죠?"

말 그대로 기가 막히고 코가 막힐 정도다. 강서준은 미간을 좁히며 물었다.

"저 사람…… 젝이야?"

"사기꾼답게 일 하나는 잘하죠?"

"아니, 저 인간이 왜 저기서 나와?"

"그야 우리 사업이니까요."

터무니없는 말을 내뱉는 지상수를 뒤로하고 스크린을 바라보던 강서준.

그곳엔 종전에 봤던 지하 홀이 비춰지고 있었다.

"우선 저희 깨비물산의 주인이자 깨비호텔의 지배인이신 '젝' 님. 이런 기회를 주셔서 감사합니다."

이에 지상수가 너스레를 떨었다.

"저놈 아부도 장난 아니라니까요."

한데 강서준은 그보다 방금 젝이 한 말이 거슬렸다. 그러니까 지금 저 녀석이 한 말은…….

"이 호텔 네 거야?"

"정확히는 형이랑 제가 공동소유하는 거죠. 깨비주식회사는 유령열차에서 시작된 회사니까."

"……."

"아, 경매 시작하네요."

강서준이 헛웃음을 흘리는 사이 한정 경매는 본격적으로 시작되고 있었다.

조금, 아니 많이 당황스럽긴 했지만 일단 강서준은 한정 경매란 것에 집중하기로 했다.

'잭의 사업 수완이야. 오히려 이게 당연한 거야. 놀랄 건 없다.'

현실이라 체감이 다를 뿐이다.

게임에서의 그는 가장 유명한 상인이자 대부호였으니까.

잭의 능력을 믿었기에 여태 사업에 관련된 부분을 모조리 일임해 온 게 아니던가.

강서준은 의연해지기로 했다.

그리고 마음가짐을 다르게 하자 한정 경매에 올라온 아이템 목록으로 눈이 가기 시작했다.

생각보다 재밌을 것 같다.

"혹시 나도 참여할 수 있어?"

"물론이죠. 합당한 금액과 적지 않은 참가비만 지불하면……."

"적지 않은 참가비?"

"……당연히 형은 참가비 면제죠."

강서준의 서슬 퍼런 시선에 지상수가 빠르게 태세 전환을 했고, 그새 한정 경매엔 본격적으로 물건이 올라왔다.

처음으로 나온 건 「히드라의 마검」.

300레벨 제한이 걸린 섭종 보상에, 무려 S급 장비 아이템이다.

대뜸 그것부터 내세우니 사람들의 반응은 대개 놀랍다는 눈치였다. 강서준도 마찬가지였다.

뭐…… 다른 의미로 놀라는 거지만.

"더럽게 비싸네?"

"왜요. S급 장비에 섭종 보상이잖아요. 1,000만 골드 정도는 받아야죠."

"그래 봐야 빛 좋은 개살구잖아? 내구성 개복치에, 무겁기는 더럽게 무거워서 인벤토리 중량만 늘어나고 또……."

물론 S급 장비였으니 그 아랫단계의 장비들보다는 좋을 것이다. 장비란 무릇 사용하기 나름이니.

하지만 저걸 1,000만 골드나 주고 판다는 건 솔직히 양아치라는 생각밖에 안 들었다.

왜냐면 저건.

'몬스터 전용 아이템이잖아.'

히드라의 마검은 인간이 쓰는 무기가 아니었다.

터무니없지만 몬스터가 써야 비로소 그 진가를 발휘한다. 인간이 사용하면 가진 힘의 절반도 쓸 수 없는 반쪽짜리 아이템이었다.

'그조차 아쉬운 사람은 사려나. 나는 뭐…….'

관심은 일절 생기지 않는다.

동 레벨의 장비 중에서 너무나도 강한 장비를 이미 갖고 있거니와, 사 봤자 의미 없는 아이템이었다.

한데 도깨비감투에서 난리가 났다.

'뭐야…… 갖고 싶어?'

─따, 딱히 갖고 싶은 게 아닙니다. 그저 영롱한 빛깔을 품었기에…….

라이칸의 흥분한 목소리를 되새기던 강서준은 새삼스럽지만 녀석의 특징을 떠올렸다.

라이칸은 본래 몬스터였다.

'이젠 거의 NPC로 분류되지만 과연…….'

강서준은 과감하게 히드라의 마검을 구매하기로 결정했다. 1,000만 골드였지만 그에게 있어 대단히 큰돈은 아니었으니까.

이 호텔의 공동 대표라는 말 때문일까. 돈 쓰기가 그다지 두려울 것도 없었다.

지상수가 말했다.

"형, 화끈하네요."

근데 왜 흑우 잡았다는 표정인 건데.

강서준은 쓰게 웃으면서 지상수를 일별했다. 어쨌든 첫 번째 물건부터 등급만 S급인 아이템이었다.

뒤로 나올 장비들이 기대가 됐다.

"흐음……."

하지만 의외로 약간 따분할 정도로 허울 좋은 아이템만이
스크린에 나타났다.

드림 사이드 1이었다면 상점행으로 넘어갔을 고급 잡템들
이 댐의 물을 방류시키듯 풀려나왔다.

해서 물어보길 진짜 좋은 아이템은 한정 경매의 끝 무렵에
나온다고 했다.

모두 애피타이저였다.

"형도 깜짝 놀랄걸요? 제가 어떤 아이템들을 수집했냐면
요……."

그리고 그때였다.

'어? 저건…….'

강서준은 두 눈을 의심하며 방금 한정 경매로 올라온 아이
템을 바라봤다. 가격도 의외로 합리적이었다.

묶음 A세트 : 4,900만 골드

여러 개의 잡템을 한데 뭉쳐 파는 특수한 아이템 꾸러미.

잡템치고는 비싼 가격이다.

하지만 강서준은 그 내용물을 살피더니 바로 구매를 결정
할 수 있었다. 그 과정이 너무 빨라서 그런지 지상수가 가재
눈을 떴다.

'장력의 신발을 여기서 구하다니.'

레벨 180짜리의 히피를 잡으면 희박한 확률로 얻는다는 '점프력 강화 아이템'이었다.

그즈음의 플레이어라면 그딴 성능 없이도 충분히 날 듯이 뛰기에 크게 메리트가 있는 물건은 아니었다.

'물론 그게 전부는 아니지만.'

강서준은 지상수의 눈치를 살피며 배달되어 온 아이템 꾸러미를 살펴봤다. 안에는 '장력의 신발'이 고스란히 들어있었다.

'지상수도 이건 잘 모르나 보네.'

지상수라고 모든 아이템의 성능을 다 알진 못한다. 하물며 이 아이템의 진가는 강서준이 아니고서야 빛날 수 없다.

'대박이군.'

굳이 알려 줄 필요는 없었다.

강서준은 망설임 없이 4,900만 골드의 결제를 확인했다. 결국 구매 확정까지 이어지니 당황하는 건 지상수였다.

"형. 말해요. 대체 뭐예요?"

"뭐가?"

"아니, 재고 처리하려는 잡템은 왜 사는 건데요."

"고롱이 밥인데?"

옆에서 날개를 활짝 펼치고 고롱이가 기뻐했다. 지상수는 못내 찝찝한 표정을 지을 수 없었다.

"뭔가 있는데……."

그러거나 말거나.

뒤이은 수많은 장비 중에서 강서준은 원하는 물건을 또 찾을 수 있었다.

이건 꽤 값이 나갔다.

'1억 골드라……'

"살게."

"이건 또 왜……?"

"내 맘."

강서준은 빠르게 이송되어 오는 아이템 꾸러미를 보면서 지상수 몰래 씨익 웃을 수 있었다.

한정 경매는 절찬리에 이어졌다.

"이제 메인인데…… 더 안 사요?"

"글쎄."

지상수가 빛나는 눈으로 강서준을 바라봤지만, 강서준은 대단히 감흥 없는 말투로 답했다.

원래 부자가 아니었기 때문일까.

가진 돈은 많았지만 낭비가 싫었다. 당장 시선을 끌 만한 아이템도 나타나지 않은 지 꽤 됐다.

슬슬 지루해졌다.

'이미 보물은 꽤 발굴했으니까.'

아마 진짜로 좋은 아이템은 이런 경매장에 올라오지도 않을 것이다.

누구든 본인이 쓰려 할 테니까.

적어도 강서준 같은 최상위 랭커가 쓸 만한 아이템은 잘 올라오지도 않는다.

올라온다면 그 가치가 숨겨진 아이템.

'묶음 A세트 같은 거겠지.'

강서준은 미련을 털고 자리에서 일어나기로 했다. 한정 경매는 꽤 재밌는 볼거리였지만 더는 참는 게 더 고역이었다.

'얼른 만들고 싶어.'

수중에 들어온 물건을 얼른 꺼내 보고 싶은 마음이 더 커졌기 때문이다.

해서 강서준은 먼저 숙소로 돌아가기로 했다.

그래서 향한 위층.

본인의 방으로 들어선 강서준은 묶음 A세트를 방바닥에 늘어놓을 수 있었다.

'오오…… 다시 봐도 진짜 대박이네.'

퀘스트 템이나 각종 잡템, 그리고 그 효용성이 증명되지 못한 장비 템들.

그중 한 개를 콕 집었다.

"장력의 신발……!"

장력의 신발은 뛰어오를 적에 '장력'을 발사해서 점프에 보조적인 기능을 하는 장비였다.

해서 상위 플레이어에겐 큰 효용성이 없었다. 그땐 그 정도 점프력은 누구나 가졌고, 그보다 효율 좋은 아이템은 많으니까.

저렙의 플레이어에겐?

레벨 제한이 너무 높았다.

'이러지도 저러지도 못하는 장비.'

그런 어중간한 장비이기에 묶음 A세트에 섞여 팔리고 있던 것이다.

"하지만 인력의 장갑을 만나면 얘기가 달라지지."

그다음으로 꺼낸 건 1억 골드를 주고 구매한 고가의 장비.

인력의 장갑.

'던진 단검을 손안으로 회수하는 능력은 유용하지.'

단검술을 운용하는 플레이어에겐 여러모로 활용도가 많아 그 가격대가 이해되는 장비였다.

"좋아. 시작해 볼까."

강서준은 인벤토리에서 봉인된 펜을 꺼내어 들었다. 그리고 나열해 둔 두 아이템의 정보를 열었다.

"여기서 '인력'과 '장력'을 꺼내면……."

봉인된 펜으로 '인력'과 '장력'을 체크하고, 그대로 '봉인된 책'에 옮겨 적을 수 있었다.

파사삭…….

책에 정보를 붙여 넣자 모래처럼 소멸해 버리는 두 아이템.

강서준은 그쪽에 관심도 두질 않고 오직 봉인된 책에 집중했다.

여기부터가 중요했다.

"재료는 마련됐고 이제……."

강서준은 스킬을 창조하고 있었다.

'봉인된 펜'은 '봉인된 책'에 스킬을 기입하는 힘이 있고, 방금 전에 했듯 아이템의 정보를 끌어다 적용시키는 것도 가능했다.

이건 그냥 적는 것과는 달랐다.

'매개를 통해 스킬을 만들 경우 그 효과와 등급이 올라가니까.'

해서 '장력의 신발'과 '인력의 장갑'은 강서준이 소싯적에 아주 유용하게 사용했던 S급 스킬의 토대가 된다.

"좋아. 이제 조금만 기다리면……."

문장을 마무리할 즈음이었다.

"……쥐새끼가 들어왔네."

강서준의 기감을 어지럽히는 요란스러운 발소리였다.

터무니없지만 호텔의 베란다로부터 들려오고 있었다.

'호텔 최상층 창문에서 느껴지는 인기척이라…….'

살기를 품고 있어 순수한 목적은 아님을 직감했다.

강서준은 방문을 열고 밖으로 나섰다.

일찍이 지루하다며 숙소로 올라와 휴식을 취하던 최하나가 총신을 점검하며 그를 기다리고 있었다.

"느꼈죠?"

"네. 죽음을 자처하네요."

강서준은 어둠을 틈타 내부로 진입하는 암살자 무리를 확인했다.

다들 미리 기다리고 있다는 듯 반기는 강서준과 최하나를 보며 잠깐 놀라는 눈치였다.

금세 기운을 갈무리하며 검부터 뽑아 드는 걸 보면 꽤 프로라는 생각도 들었다.

[스킬, '류안(S)'을 발동합니다.]

'흘러나오는 마력량만 봐도 확실히 고렘의 집단이네. 이 정도면 어지간한 랭커도 못 버티겠는데.'

물론 천외천은 예외다.

누군지 몰라도 저들을 보낸 이들은 강서준을 얕봐도 단단히 얕본 게 분명했다.

'이제 확인만 하면 되는 건데.'

강서준이 약간 짜증을 내며 단검을 뽑아 들려는 찰나였다.

-왕이시여.

감투를 통해 라이칸이 그에게 묘한 의지를 보내왔다.

-저에게 맡겨 주십시오.

'……이길 수 있겠어?'

-문제없습니다.

라이칸의 확고한 의지에 강서준은 어깨를 으쓱이며 일단 뒤로 물러나기로 했다.

닭 잡는 데에 소 잡는 칼을 쓸 필요는 없다. 한데 의외의 일은 그다음에 벌어졌다.

"너…… 뿔이?"

-그렇게 됐습니다.

감투에서 밖으로 뛰쳐나온 라이칸은 그간 자랑하던 세 개의 뿔이 모조리 소멸한 모습이었다.

그뿐이 아니었다.

라이칸의 모습이 평소와 달랐다.

전력을 개방했을 때의 근육질의 라이칸도 아니었고, 소년의 형태로 작지도 않았다.

일견 얄상한 생김새였다.

'하지만 힘은 모두 갈무리되었어.'

모르긴 몰라도 라이칸의 상태가 크게 변한 듯했다. 괜히 잘생긴 미형의 생김새를 보면 잘생긴 배우 같기도 했다.

강서준인 미간을 좁히며 라이칸의 정보를 읽어 봤다.

[2. 백귀 : 진(眞)깨비 라이칸]

단순한 레벨 업의 증상이 아니다.

등급, 혹은 그 종족 자체가 상위 존재로 진화한 것 같았다.

강서준은 이유를 짐작할 수 있었다.

'달리는 유령열차가 진화한 덕이야.'

NPC, 백귀와 상관없이 라이칸은 던전과 연결되어 있었다.

던전의 등급 상승은 즉 라이칸의 종족값을 올렸다는 결론이 나온다.

―감히 왕의 침실에 더러운 발을 들인 죄는 목숨으로 갚아야 할 것이다.

어쨌든 한껏 멋스러운 청년이 된 라이칸은 강서준에게서 하사받은 히드라의 마검을 꽉 쥐었다.

거친 기세가 뿜어져 나왔다.

―죽어라!

[백귀, '진 라이칸'이 '도깨비 검무(A)를 발동합니다.]

으슬으슬한 기운을 흩뿌리며 히드라의 마검을 흔든다.

그곳에서 피어오른 도깨비불이 사방에서 불타오르며, 마

치 강서준이 현신한 듯 검무를 이어 나갔다.

아이러니하게도 도깨비불은 적들을 하나씩 얼리고 있었다.

"아아…… 그 찐따 같던 라이칸이."

옆에서 최하나가 감탄하며 웃고 있었다. 강서준도 예상외의 선전을 펼치는 라이칸을 꽤 대견스러운 눈으로 보고 있었다.

─왕이시여. 저도 싸우고 싶습니다.

"그래."

라이칸의 활약이 부러웠을까. 노도와 같은 기세로 달려 나온 오가닉도 폭풍 같은 창술을 펼쳤다.

괜히 그쪽을 흘겨본 라이칸도 더욱 열심히 검무를 이어 나갔다.

적들은 느닷없이 튀어나온 두 백귀에 의해 속수무책으로 밀리는 양국이었다.

물론 겉보기엔 그랬다.

'진짜는…… 저놈인가.'

강서준은 한 걸음 멀리 떨어져 이쪽을 주시하던 한 놈에게 시선을 던졌다.

놀랍게도 놈은 허공을 밟고 있었다.

'어딜 튀려고?'

로켓까지 합류하면서 난장판이 된 호텔방을 둘러보던 놈

은 빠르게 몸을 내빼고 있었다.

"최하나 씨. 애들 좀 부탁할게요."

"네. 다녀오세요."

고개를 주억거린 강서준은 거침없이 깨진 창밖으로 뛰어내렸다.

놈을 쫓는 건 일도 아니었다.

"여긴……."

뒤를 쫓던 강서준은 사방이 훤히 뚫린 넓은 공터까지 다다를 수 있었다. 아직 개발되지 않은 던전의 한 구역이었다.

"도망간 게 아니라 유인한 거였나?"

그곳엔 그를 기다리는 수많은 플레이어가 있었다.

각자의 마력을 끌어올리며 강서준을 향해 짙은 살기를 뿜어내는 걸 보면 저들은 진심이었다.

또한 알 수 있었다.

이놈들, 전부 '악령'뿐이다.

"……뭐 상관없겠지."

강서준은 이죽이면서 말했다.

"그래서 너넨 어떤 새끼가 보냈냐?"

진 제국

위천은 '견주(犬主)'라 불렸다.

진 제국의 유능한 암살 집단.

드림 사이드 1에서부터 그 연혁이 이어진 레드 플레이어 길드 '들개'의 수장이었다.

위천은 자신을 내려다보는 황제 칭트리칸에게 물었다.

"케이를 암살하라고요?"

"걱정 마라. 확인한 바로는 아직 과거 수준의 무력은 되찾질 못했다더군."

"……그렇습니까."

한편 진 제국의 황제 칭트리칸은 드림 사이드 1을 플레이해 본 적조차 없는 인물이었다.

그저 수십 개의 기업 중 최상단에 있는 재계에서 알아주는 재벌 회장이었다.

　위천은 속으로 코웃음을 쳤다.

　'욕심 많은 늙은이…… 결국 사고를 치는군.'

　위천은 현 세계의 평화가 일시적이라는 걸 누구보다 잘 알았다.

　적응한 플레이어가 늘어날수록 세상은 더더욱 걷잡을 수 없는 풍랑에 휘말리기 마련이니까.

　드림 사이드 1이 그랬다.

　'세상은 다음 단계의 아포칼립스로 넘어갈 거야. 게임으로 치면 일종의 확장팩 업데이트라고 할까…….'

　해서 위천은 현 상태에서 케이가 죽어선 안 된다고 확신할 수 있었다.

　'케이는 미래를 생각한다면 반드시 지켜 내야 할 자니까.'

　그의 전투 실력 때문에 하는 말이 아니었다. 케이가 필요한 이유는 그가 이전 게임에서 보여 준 '창의적인 공략법'에 있다.

　이른바 '뇌지컬'이다.

　케이는 그래서 중요한 인물이었다.

　"명을 받들겠습니다."

　하지만 위천은 거리낌 없이 칭트리칸의 명을 따르기로 했다. 무릇 길들여진 들개들은 그들의 주인이 물라고 하면 물

뿐이다.

'세상이 멸망되든 나는 알 바 없고.'

애초에 그에게 삶이란 큰 의미가 없다.

'무엇보다 황제의 말마따나 현재의 케이가 과거보다 약하다면…… 죽일 수 있는 기회는 지금뿐이겠지.'

그는 많은 랭커를 죽여 왔다.

그 잘났다고 소문난 천외천 중 한 명도 죽여 봤으니, 케이라고 별반 다를 게 없으리라.

그래.

그렇게 의뢰를 수락하고 바로 케이를 죽이기 위해 함정을 팠다.

드림 사이드 1에서 녀석에게 당했던 것과는 반대로, 녀석을 반드시 죽이고 말겠다는 일념 하나로 해낸 일이었다.

분명 그랬었는데.

'대체 이게…….'

위천은 눈앞에서 펼쳐지는 장면에 기함을 토했다.

"으아악!"

"사, 살려 줘!"

"끄아아악!"

사방에서 들려오는 비명. 그리고 빠르게 움직이는 작은 단검까지 확인했다.

일부러 놈이 숨지 못하도록 광활한 땅으로 유인하여, 집단으로 공격한다는 계획이 무색한 풍경이었다.

"······이기어검술이라고?"

검사가 300레벨이 되어 2차 전직을 하면 얻을 수 있다는 상위 스킬.

그걸 놈이 갖고 있는 것이다.

'······그래. 상대는 케이다.'

어쩌면 저 정도 상위 스킬을 갖고 있다 해도 이상하지 않았다. 섭종 보상으로 가져왔을 수도 있으니까.

'그것까진 이해한다고.'

그럼에도 눈앞으로 펼쳐진 상황은 아무리 생각해도 도통 납득할 수 없는 수준이었다.

"분명 레벨은 200 초반인데······."

그가 야심차게 녀석을 유인했던 이유가 뭐겠는가. 어찌 이 작전의 성공을 확신했겠는가.

황제의 말이 아니더라도 그는 상대의 레벨을 보는 스킬이 있기 때문이었다.

들개의 철칙 하나.

'죽일 수 없는 상대는 절대 물지 않는다.'

해서 일단 상대의 수준을 알아보기 위해 호텔 방을 기습했고, 몰래 숨어 지켜봤다.

'녀석의 레벨이 낮은 건 틀림없는 사실.'

하지만 케이의 단검이 스쳐 지나갈 때마다 들개들의 비명은 늘어났다.

전부 치명상이었다.

고작 직선으로 던져지고 다시 돌아오는 과정을 반복할 뿐인데도, 케이의 움직임도 귀신같이 날렵하여 들개들은 속수무책이었다.

갈기갈기 찢겨 나갔다.

'제아무리 스탯이 높다 해도 이건 규격을 너무 벗어나잖아?'

역시 천외천······ 랭킹 1위는 다르다는 걸까. 숨을 섞어 짜증을 뱉어 낸 위천은 어쩔 수 없이 품에 숨겨 뒀던 한 장의 종이를 꺼내기로 했다.

이미 수락한 의뢰.

죽어서라도 성공시키는 게 들개의 두 번째 철칙이었다.

그는 작전을 성공시킬 것이다.

'악마에게 영혼을 팔아서라도.'

위천은 손을 앞으로 뻗으며 말했다.

"물어라. 광견들이여!"

그의 손끝에서 피어난 검붉은 마력이 사방으로 흩어지며, 들개들에게 닿았다.

또한 그의 눈에도 검붉은 마력이 깃드는 순간이었다.

"끄아악!"

"……죽어어어!"

비명이 터지고 사방으로 혈무가 난무하는 공간.

빈 공터였던 개활지는 어느덧 피로 강을 이루고 시체가 산처럼 쌓이고 있었다.

강서준은 그 사이를 가로지르며 묵묵히 죽음을 조율하는 마에스트로처럼 손끝을 섬세하게 조종했다.

[스킬, '이기어검술(E)'을 발동합니다.]

장력과 인력을 봉인된 펜으로 추가해서 겨우 조건을 맞춘 스킬.

이기어검술.

아이템을 매개로 한 덕인지 용케 E급으로 완성된 이 스킬은 당장 강서준의 가장 강력한 무기가 되어 줬다.

잡아먹는 마력량이 상당하여 오랜 시간 쓸 수는 없겠지만……

'직접 베질 않아도 재앙의 유성검을 다룬다는 데에 메리트가 있지.'

특히 이 스킬은 재앙의 유성검과의 궁합이 굉장했다.

피를 흡수하여 강화하는 검과 염동력처럼 검을 날리고 다시 제 손으로 돌아오게 만드는 능력.

길이가 짧은 단검의 단점을 모조리 지워 주는 효과가 있었다.

[스킬, '집중(S)'을 발동합니다.]

강서준은 호흡을 가다듬으며 단검을 회수했다. 배부른 듯 검을 떨어 대는 재앙의 유성검.

초상비와 이기어검술을 동시에 사용하느라 상당히 어지럽고 마력의 소모도 컸지만.

블러드 석션으로 빨아들인 내용이 더 많았다.

이득이었다.

"끄아아악!"

강서준은 마치 장송곡을 연주하기라도 하듯 사방을 누비며 녀석들의 숫자를 차곡차곡 줄여 나갔다.

주변을 감도는 기묘한 흐름을 느끼게 된 건 아마도 그때.

강서준은 흐름의 근원지를 쫓다가 익숙한 색깔의 마력을 볼 수 있었다.

검붉은색의 마력.

'마기라······.'

강서준은 헛웃음을 터뜨렸다.

"무슨 배짱으로 덤비나 했더니만 마족을 백으로 둔 거였
군."

강서준의 눈초리가 더욱 싸늘해졌다.

마족과 관련된 자들에겐 더더욱 손속에 사정을 둘 필요가
없었다.

괜히 악령들이 아닌 것이다.

강서준은 달려드는 인간들을 재앙의 유성검을 더욱 꽉 쥐
면서 맞이했다.

"크허엉!"

"크르르르……!"

방어를 도외시하는 공격 일변도의 무식한 행동들.

일견 미친 것처럼 보였지만 유기적인 움직임은 일전에 광
명동굴에서 마주했던 천라지망보다 위협적이었다.

녀석들은 엎드린 채로 마치 개처럼 네 발로 섰고, 이빨을
딱딱거리며 침을 흘렸다.

'저 꼴은…… 흐음.'

강서준은 눈을 빛내며 검을 휘둘러 나갔다. 이젠 인간을
벤다는 느낌도 들지 않았다.

한편 녀석들을 조종하던 한 인간이 검붉은 마기를 뿜어내
며 강서준을 향해 달려든 건 그때였다.

반쯤은 눈이 돌아가 있었다.

"네가 진짜 마족은 아닐 테고."

마족은 본래 300레벨은 넘겨야 볼 수 있는 A급 던전의 몬스터.

시기상 아직 나타날 수 없다.

하지만 마족이라면 B급 던전 아래에서도 충분히 그 영향력을 떨칠 수 있었다.

아직 던전 브레이크가 벌어지지 않았는데도 제멋대로 진백호의 몸에 머물게 된 '아쿠아'처럼.

"……역시 계약자인가."

계약.

A급 던전의 마족들이 B급 던전의 마물, 그리고 플레이어에게 개입했던 방법이었다.

'악마 계약을 한 거야.'

녀석들은 이를 활용하여 간접적으로나마 세계에 개입했고, 이를 통해 세력을 넓히기 위해 별별 사건들을 일으켰다.

정규 업데이트 이후에 벌어지는 마족과의 전쟁은 사실상 이 계약자들과 벌이게 되는 것이다.

이번에도 마찬가지였다.

'물론 1과는 다르겠지. 이번엔 이미 지구에 현신한 놈들도 있을 테니까.'

아마 로테월드의 피에로와 같은 놈들이 있을 것이다. 물론 피에로가 저렙의 강서준에게 당했듯, 그 녀석들도 섭종 보상처럼 무언가 힘의 제약이 생겼겠지만.

"이제야 정리가 되네."

강서준은 호흡을 가다듬으며 도깨비의 권능을 발휘했다.

그의 손에 죽어 나간 근처의 인간들. 그 영혼들이 속수무책으로 강서준의 휘하에 사로잡혀 고스란히 '도깨비 갑주'의 일부가 됐다.

약간 두껍게 만든 갑주를 믿고, 강서준은 다른 이들의 공격을 모조리 무시하기로 했다.

'조종하는 놈이 눈에 빤한데, 조무래기들과 놀 필요는 없어.'

류안으로 보건대, 계약자 녀석의 몸에서 흘러나온 마기가 다른 사람들의 뇌에 닿는 방식이었다.

미친개처럼 만드는 건 녀석의 권능.

강서준은 계약자의 머리 위로 검붉은 마기가 마치 개의 형상처럼 자라난 걸 확인했다.

역시 그놈이다.

"……견성."

견성(犬星).

켈베로스의 주인이라 불리는 놈.

짧은 질문에 놈의 입에서 억울한 듯한 목소리가 흘러나왔다.

"……정말 터무니없구나."

"뭐야. 한국말 잘하네?"

"견성 님의 힘을 사용해도 먹히질 않다니."

강서준은 재앙의 유성검에 도깨비불을 화려하게 불태웠다. 바로 마기가 잘려 나갔다.

역시 도깨비는 마족과 궁합이 잘 맞는다. 강서준은 한숨을 내뱉으며 말했다.

"근데 이번에도 날 친 게 '진 제국'이라니. 너넨 진짜 질리지도 않는구나."

"······그건 또 어떻게 알았지?"

"영혼들이 중국 말을 하는데 뭐······."

지금도 사방에서 영혼의 속삭임을 들어 보자면 하나같이 중국말을 하고 있었다.

강서준은 싸늘하게 웃었다.

'한 번도 아니고 두 번이나 내 뒤통수를 노렸단 말이지?'

진 제국.

녀석들은 아무래도 강서준이 살아 있는 꼴을 보기 싫은 모양이다.

"후우······."

짜증을 한숨에 섞어 재차 내뱉은 강서준은 단검을 역수로 쥐었다.

끝낼 생각으로 마력을 불어 넣자 녀석도 당황하며 더욱 마기를 끌어올렸다.

"······죽더라도 나 혼자 죽진 않을 것이다!"

눈앞의 인간.

그러니까, 마족 '견성'과 직계약했을 거로 추정되는 놈이 이내 손톱을 길게 뽑아냈다.

히어로 영화에서 나온 누구처럼 엑스자로 교차한 녀석은 송곳니도 날카롭게 자라났다.

폭풍 같은 기세로 달려들었다.

"죽어라아아아!"

꽤 무시무시한 마기였지만.

'진짜 마족도 아니고.'

견성이 현신한 것도 아니니 위협은 되질 않는다.

강서준은 일부러 정면으로 부딪쳐 놈의 손톱을 단번에 꺾어 버렸다.

한편으로는 이런 생각도 들었다.

"어지간히도 내가 얕보였나 봐."

"크윽······!"

"진짜 마족도 아니고, 그것도 고작 견성 따위로 날 죽일 수 있을 거라고 생각한 거야?"

싸늘한 미소 뒤엔 날카로운 칼날이 뒤따랐다. 놈의 입가가 쫙 찢어지며 송곳니도 산산조각 났다.

"하긴 내가 얌전하게 지내긴 했지."

부득이한 5개월의 부재를 차치하더라도, 적들이 강서준을 향해 섣불리 이빨을 드러내는 이유가 뭐겠는가.

'얕보였으니까.'

그렇다면 왜 얕보였을까.

지금의 그가 드림 사이드 1의 케이보다 약해서? 아닐 것이다. 시기적으로 따진다면 그는 과거보다 훨씬 강해졌다.

시작부터 천무지체를 갖고 S급 스킬 등을 보유했으며, 무기도 섭종 보상으로 알차게 들고 있다.

답은 다른 쪽이다.

'플레이 방식이 달라서.'

과연 드림 사이드 1에서의 케이라면 같은 문제를 겪었을 때 어떻게 해결했을까.

진 제국의 기습을 받은 케이라면…….

'절대 그냥 넘어가진 않는다. 영혼까지 재기 불능 수준으로 털어 버리겠지. 로그인 못 하게 세 번을 죽여서라도…….'

한데 강서준의 결정은 달랐다.

이곳으로 들어오는 길에 그를 노렸던 암살자들의 배후가 '진 제국'이란 걸 알았어도 참았다.

섣불리 진 제국을 향해 칼을 빼질 않았다.

왜 그랬을까.

'날 배척하는 건 당연하니까.'

원래 굴러온 돌은 위협받기 마련.

이를 잘 알기 때문에 똑같이 되갚아 줄 생각은 하질 않았다.

따지고 보면 그들은 컴퍼니와 같이 악독한 목적으로 움직이는 집단이 아니며, 그들의 목적도 지구 멸망은 아니기 때문이다.

'무엇보다 고작 게임이 아니잖아.'

현실의 플레이는 다를 수밖에 없다. 게임처럼 놈들을 싸그리 잡아 죽여선 안 되는 것이다.

또한 뒷일을 고려해야 했다.

'그들이 무너지면 중국도 무너진다.'

그 일로 죄 없는 사람들이 희생당하는 건 버젓이 예측 가능한 일.

다가올 정규 업데이트를 대비해서라도 중국엔 진 제국이 필요했다.

"근데 두 번은 좀 아니지 않냐."

이것들이 가만히 있으니 호구로 안다.

한 번 봐줬더니 끝도 없이 기어오르려 한다.

강서준은 결론을 내릴 수 있었다.

"안내해 줘야겠어."

"……뭐?"

"너한테 물은 거 아니야."

강서준은 재앙의 유성검에 힘을 더해 으르렁대던 적의 목을 푸욱 찔러 버렸다.

바들바들 떨던 놈은 피가 빨리면서 점차 그 힘을 잃어 갔다.

그를 노리던 여러 암살자들도, 결국 우두머리가 쓰러지니 힘없이 툭툭 바닥에 누웠다.

곧, 축 늘어진 놈은 죽고 말았다.

"일어나."

[장비 '도깨비 왕의 반지'의 전용 스킬, '도깨비의 부름'을 발동합니다.]

강서준이 물었다.

"이름이 뭐냐?"

—……위천.

"그래. 위천아. 황제는 지금 어디 있냐?"

✦

위천의 안내를 받아 도착한 곳은 의외로 강서준이 묵던 숙소에서 가까운 곳이었다.

엎어지면 코 닿을 거리는 아니더라도 충분히 걸어서 갈 만한 거리.

강서준은 그곳의 입구로 당당하게 걸어 들어갔다.

안내를 하던 위천이 말했다.

-견성은 현재 자금성에 있습니다. 진 제국의 모처에 몸을 숨기고 있죠.

마족 견성.

그 똥개 녀석은 터무니없지만 중국 측 길드인 '진 제국'과 밀접한 관계라고 했다.

놈과 계약을 한 위천이 들개를 운용한 것과 별개로, 놈의 능력을 이은 자들도 더러 있다는 것.

-물론 들개들은 견성과 직계약한 이들로만 구성됐습니다. 마기에 중독된 피를 수혈받아……

위천은 이후로도 진 제국의 각종 비리에 대해서 미주알고주알 낱낱이 털어놨다.

어찌나 해 먹은 게 많은지.

강서준은 신나서 떠들어 대는 위천의 뒤통수를 몇 번이고 후려쳤다. 진짜 더러운 놈들이다.

'들개라……'

위천이 소속된 들개는 이른바 진 제국의 청소부였다.

그들에게 방해가 되는 적을 죽여 청소하는 청부 살인 업체.

황당한 일이지만 이놈들은 게임과 별개로 현실에서도 비슷한 조직을 오래전부터 운용해 왔다고 한다.

'세계가 이 꼴이 나기도 전부터 이런 짓들을 거듭해 왔다는 거야.'

영화 속에서나 나올 법한 비리 재단의 비하인드 스토리가 따로 없었다.

과연 이들의 이기심으로 죽어 나간 사람들은 대체 몇이나 될까.

"웬 놈이냐!"

도착한 빌딩 앞엔 여러 플레이어들이 경비를 서고 있었다.

오는 길에 잠시 호텔에 들러 '통역기'를 가져온 덕일까. 상대가 중국인임에도 소통은 무리가 없었다.

놈의 질문에 강서준은 나지막이 답했다.

"글쎄요. 싹 다 쳐부수러 왔으니…… 깡패가 아닐까요."

"……뭐?"

"그나저나 황제를 좀 만나고 싶은데요. 선물을 좀 받았거든요. 그거 보답해야 해요."

빌어먹을 PK 경험치가 산더미였다.

고맙게도 레벨 업을 했으니 그에 상응하는 보답을 할 생각이다.

"빨리요. 저 바쁜 사람입니다."

"건방진 놈…… 감히 이곳이 어디라고!"

사나운 말투로 놈들이 으르렁댔다. 어느덧 주변으로 떡대같이 덩치 큰 플레이어들이 나타나 위협을 가했다.

총부터 활, 칼…… 장도리까지 들고 다가오는 놈도 있었다.

강서준은 짧게 혀를 찼다.

"그냥 넘어가면 안 됩니까? 당신들이 한 트럭으로 몰려와도 나한테 손끝 하나 건드리지 못할 텐데."

"……죽여 버려!"

본색을 드러낸 경비원들은 무기를 휘두르며 강서준에게 다가왔다.

수 개의 스킬이 폭발하고 지척으로 다가오는 공격들은 참으로 느리게 보이고 있었다.

레벨 차가 났기 때문이다.

[스킬, '류안(S)'을 발동합니다.]

한 걸음.

내디딘 것과 동시에 찔러 오는 검의 옆면을 쳤다. 총알은 고개를 살짝 비트는 것으로 피했다.

"쏴! 쏘라고……!"

두 걸음.

크게 내디딘 강서준이 다시 나타난 곳은 총구를 견고 있던 진 제국의 플레이어 앞.

강서준의 우악한 손길이 놈의 얼굴을 쥔 채로 바닥에 내리꽂았다.

"끄아아악!"

순식간에 그를 놓친 플레이어들이 한발 늦게 뒤를 쫓았지만, 그보다 빨리 이동하는 강서준을 막을 도리는 없었다.

쿠우우웅!

거칠게 문을 부수고 들어오니 꽤 당황한 눈초리로 이쪽을 살피는 사람들이 보였다.

빌딩 내부로 사이렌이 울린 건 그때.

─침입자가 발생했습니다! 침입자가 발생했습니다!

─제국의 용맹한 전사들은 1층 로비로 집결해 주십시오!

─침입자가 발생했습니다! 침입자가······!

방송이 끝난 지 얼마 안 되어 사방에서 플레이어들이 거친 파도처럼 밀려 내려왔다.

입구를 지키던 놈들보단 더욱 고강한 힘을 가진 놈들이었다.

아마도 진 제국의 상위 플레이어들.

"저놈 뭐야?"

"감히 이곳이 어디라고······!"

숱한 살기가 송곳처럼 쏟아졌다.

강서준은 싸늘하게 웃으며 말했다.

"감히 이곳이 어딘지 모르고 왔겠습니까."

숫자가 숫자였으니 강서준은 감투에서 백귀들을 소환하기로 했다.

호텔에서 전투를 끝마치고 여태 감투 속에 숨어 기다리던

'라이칸'은 히드라의 마검을 적들에게 겨누며 말했다.

"왕이시여…… 명을 내리시옵소서."

"길을 열어."

"분부대로 하겠습니다."

푸른 불길이 검신에 휘감기더니 이내 눈앞으로 도깨비불로 이루어진 선이 생겨났다.

진 제국의 플레이어들이 속수무책으로 뒤로 물러났다.

강서준은 뒤이어 오가닉도 소환했다.

"쓸어 버려."

"알겠습니다."

거두절미하고 라이칸과 합류한 오가닉이 폭풍을 일으키며 매섭게 창을 찔렀다.

도깨비불과 폭풍이 휘감기자 적들 사이로 하나의 길이 생겨나고 있었다.

강서준은 가만히 그쪽을 바라보다 입을 열었다.

"위천. 황제는 몇 층에 있지?"

ㅡ꼭대기 층인 47층입니다.

고개를 주억거린 그가 미련 없이 백귀들이 만들어 낸 길을 활보했다.

플레이어들이 접근하고자 했지만 결코 백귀들을 따돌릴 수 없었다.

어느덧 라이칸의 주변으로는 이깨비부터 삼깨비들이 나타

나 적들을 공격하고.

오가닉은 남아 있던 리자드맨의 영혼을 다루며 그와 보조를 맞추고 있었으니까.

강서준은 금세 엘리베이터에 도착하더니 패널을 확인하고 말했다.

"46층까지밖에 없잖아."

–47층은 카드가 필요합니다.

카드야 걱정할 게 없었다.

위천은 촉망받는 비밀 조직의 장이었고, 당연히 황제의 측근이었다. 47층으로 올라가는 카드 정도는 소지하고 있었다.

강서준은 바로 꼭대기 층으로 올라갈 수 있었다.

–이곳입니다.

부드럽게 열린 문 너머로는 칠흑 같은 어둠이 기다리고 있었다.

막상 도착하니 놀란 건 방음이었다.

요란스럽게 전투가 펼쳐지는 1층의 소음 따위는 이곳으로 전혀 전해지지도 않았다.

강서준은 한쪽에서 의자에 앉은 채 담배를 피우고 있는 한 남자도 발견할 수 있었다.

그가 말했다.

"결국 실패했나."

마치 그가 올 거라고 예상이라도 한 걸까. 태도가 너무 뻔뻔해서 강서준의 눈살이 찌푸려졌다.

황제 칭트리칸.

위천에게 들은 대로 확실히 난놈은 난놈이다.

막무가내로 쳐들어온 상대를 보고도 크게 당황하질 않는 눈치였다.

한눈에 봐도 고렙은 아니지만 그 기백은 확실히 일반인이라 보긴 어려운 것이다.

'속에 능구렁이라도 양식하나. 무슨 생각을 하는지 짐작하기 어려워.'

칭트리칸은 길게 연기를 뿜으며 말했다.

"자네도 한 대 피우겠나?"

"……담배는 싫어서."

"고맙군. 내주기엔 아까웠는데."

칭트리칸이 자세를 바로 하더니 말했다.

"원하는 걸 말하게."

"……흐음."

"보자마자 날 죽이질 않는 데엔 그만한 이유가 있는 게 아닌가."

강서준은 고개를 주억거리며 칭트리칸과 시선을 마주했다.

솔직히 위천에게 칭트리칸에 대해서 설명을 들었을 때는 꽤 악랄한 놈일 줄은 알았다.

그리고 직접 마주하니 깨닫는다.

'똑똑하게 악랄한 놈이야.'

강서준은 그런 자는 싫지 않았다.

같은 인간으로는 최악이겠지만, 같은 적을 둔 동료로는 꽤 쓸모가 있을 테니까.

칭트리칸은 눈을 빛내며 말했다.

"돈을 원한다면 주지. 10억 골드를 주겠네."

"……양심은 없네."

"좀 더 강한 힘을 원하는가? 그럼 특별히 보유 중인 S급 장비도……."

"됐어."

강서준은 거두절미하고 말했다.

"딱히 원하는 건 없어. 그냥 알려 주고 싶은 게 있어서 온 거니까."

"……뭐?"

"당신이 누굴 건드렸는지 말이야."

강서준은 재앙의 유성검을 쥐고 부지불식간에 칭트리칸의 반경에 접근했다.

반응하기도 전에 단검은 목을 겨눴다.

"요즘 내 인식이 이빨 빠진 호랑이가 됐더라고. 개나 소나 다 덤벼들고 있으니까."

"개나 소나……."

"응. 그래서 그냥 놔두긴 안 되겠어."

강서준은 진중한 얼굴을 했다.

"플레이어가 너무 많이 다치잖아. 나로 인해 이런 일이 벌어지는 건 좋지 않아."

"……."

"이번에도 그래. 나 하나 죽이겠다고 달려들어서 대체 몇 명이나 골로 보낸 거냐?"

물론 마족과 계약한 들개들은 죽어 마땅한 자들이다. 그들은 훗날 견성의 힘으로 인류를 갉아먹는 암덩어리가 될 테니까.

하지만 그건 그거고.

이후에 벌어질 수 있는 일은 조금 다르다.

그저 강서준을 견제하려는 자들까지 모두 죽인다면 어떻게 될까.

악령은 아니지만, 길드의 목적에 의해 적이 될 수밖에 없는 자들을 상대로 싸운다면…….

'죽게 놔두기엔 아까운 자들이야. 결국 그들도 제 나라에선 영웅이니까.'

한국 하나만을 봤을 때는 다른 국가의 플레이어들 따위야 어찌 되든 상관없을 것이다.

하지만 인류 전체로 본다면 크나큰 손실이 아닐 수 없다.

무엇보다 이 게임은 결국 인류가 하나로 뭉치질 못하면 클리어할 수 없는 구조로 되어 있으니까.

스스로 난이도를 헬(Hell)로 조정할 필요는 없었다.

칭트리칸이 말했다.

"오만하군."

하지만 부정할 수는 없을 것이다.

사실이니까.

강서준은 싸늘한 시선을 내리깔면서 말했다.

"그래서 말인데. 앞으로는 이런 같잖은 일은 없었으면 하거든."

"……무슨 말을 하고 싶은 거지?"

"너무 섭섭하게 생각하진 말아. 네가 판 무덤이잖아?"

슬슬 백귀들이 전투를 끝냈다고 신호를 보내왔다. 그새 1층의 플레이어들을 제압한 걸 보면 확실히 이들도 상당히 강해졌다는 걸 알 수 있었다.

강서준은 칭트리칸에게 스마트폰을 내밀었다.

"볼래?"

작은 폰 안으로 흘러나오는 영상.

건물로 진입하는 순간부터 진 제국의 플레이어를 상대로 전투를 벌이는 강서준의 모습이 담겨 있었다.

반대로 한 사람에게 철저하게 털리는 진 제국의 플레이어들이 있었다.

영상의 감독은 이루리였다.

「잘 나왔네.」

「적합자가 의외로 캠빨이 받더라고. 여태 그 얼굴로 스트리머 같은 건 왜 안 한 거야?」

「안 한 게 아니야. 못 한 거지.」

한창 게임이 인기가 있을 적엔 그는 얼굴이 세상에 알려져선 안 될 이유가 있었다.

나중에 사태가 진정됐을 때는 이미 게임은 망겜의 기로에 접어든 상태였고.

「어쨌든 수고했어.」

영상의 말미는 엘리베이터를 타고 올라오는 장면이었다.

곧 이루리가 옆에 나타나더니 강서준이 칭트리칸의 목을 겨누고 있는 장면을 촬영하기 시작했다.

"칭트리칸. 이건 마지막 경고야. 한 번 더 나한테 도전한다면 그땐 모두 끝이야."

그러자 칭트리칸이 고요하게 살기를 뿜어내면서 말했다.

"이딴 짓을 하고도 네놈이 멀쩡할 거라고 생각하느냐?"

"응. 난 멀쩡할 거야."

그때 강서준은 빠르게 방 안 어둠을 향해 재앙의 유성검을 날렸다. 허공을 가르고 도착한 장소엔 누군가가 목덜미를 부여잡고 있었다.

"이런 같잖은 꼼수는 안 통하니까."

그곳을 응시하던 칭트리칸이 말했다.

"이게 끝이라고 생각 마라."

"……흔한 악당 대사네."

강서준은 돌연 이매망량을 발동시켰다. 도깨비의 가면이
얼굴로 덧씌워지니 새삼스럽지만 이미 그는 한 마리의 도깨
비가 되어 있었다.

목소리도 일부러 영혼을 사용해서 여러 개로 나눴다.

일종의 연출이었다.

"잘 들어. 난 받은 것에 대해선 반드시 갚아야 직성이 풀려."

강서준의 시선이 카메라로 향했다. 아마도 이 영상을 보고
있을 누군가에게 해 줄 말이 있었다.

"그러니 죽고 싶으면 알아서 판단해. 너희들이 누굴 건드
리는지."

마지막으로 카메라는 창가를 비추었다. 그곳에서 여태 추
위에 떨며 기다리던 고롱이가 대번에 크기를 키우더니 한쪽
창을 부수고 포효했다.

강서준은 부서진 창을 넘어 고롱이의 등에 올라타며 말했
다.

"그리고 황제야. 창고에 있는 건 합의금이라 치고 가져간
다."

"……뭐?"

"많이도 숨겨 놨더라? 쓸모 있는 게 얼마나 있을지는 모르 겠지만."

"지금 무슨 소리를……?"

문득 칭트리칸은 한쪽 구석에서 서 있던 위천을 발견할 수 있었다.

그제야 강서준이 말한 창고가 무언지 깨달았을까.

"아, 안 돼…… 거긴!"

처음으로 당황한 얼굴을 보이는 황제였지만, 이미 강서준 은 빌딩을 벗어나 멀리 날아가고 있었다.

━◆◆◆━

그날 영상은 소위 대박이 났다.

"뭐? 진 제국이 어떻게 됐다고?"

"지금 타워에 케이가 나타났답니다!"

"그니까 케이가 뭘 어쨌는데!"

"일단 이 영상부터 보시죠!"

우선 정보에 민감한 각국의 스파이들이 냄새를 맡았다.

진 제국의 본거지나 다름없는 타워에서 들려온 의문의 폭 음.

그리고 출처를 알 수 없는 곳에서부터 퍼진 영상은 각국의 플레이어들의 시선을 잡아끌기에 충분했다.

"미친…… 이게 사실이라고? 정말 케이가 살아서 돌아온 거야?"

"세계의 판도가 뒤바뀔 거야."

"케이에 대한 정보가 필요해. 스킬은? 레벨은?"

다음으로 반응한 건 '스트리머'였다.

세계가 멸망하더라도 방송의 끈을 놓지 않은 몇몇의 사람들.

되레 이를 무기로 삼아 스트리머 전용 플레이어로 성장한 이들은 빠르게 방송을 켰다.

"여러분…… 보고 계십니까? 제가 어그로를 끌려는 게 아니라, 이거 진짜 실화입니다. 무려 그 '케이'가 나타났다 이 말이죠!"

무려 5개월을 잠적한 케이.

죽었다는 소문이 대단히 무성했던 케이의 등장이었다.

그것도 중국에서 발아한 '진 제국'을 상대로 칼을 뽑아 든 채로.

"그간 진 제국의 횡포로 고통받았던 분들 축배를 드십시오! 케이 님이 참교육을 하고 계십니다!"

말 잘하는 MC도 섭외한 어느 스트리머는 마치 스포츠 경기를 중계하듯 영상을 실감나게 표현하기도 했다.

그뿐일까.

영상은 일파만파 인터넷 커뮤니티 곳곳으로 퍼져 나갔다.

재편집된 영상도 매드 무비처럼 여러 건이나 올라왔다.

한편 이슈가 되는 영상 이외에도 또 다른 영상이 각광받기 시작했는데.

진 제국이 털리는 이유.

간단한 제목의 영상이었다.

그리고 그 속에서 호텔을 중심으로 압도적인 무력을 발휘하는 최하나의 모습이 보였다.

그녀의 저격은 일발백중.

터무니없지만 몰려든 의문의 복면인을 상대로 단거리 저격을 감행하는 모습이 보였다.

－오랜만에 가슴이 뛰네.

－와, 최하나가 클라크라는 건 익히 들었지만 영상으로 보니 역시…….

－국뽕이 심하게 차오른다. 아아.

그렇게 한밤중의 이슈는 뜨겁게 불타올랐고, 시청 횟수도 플랫폼에서 1위를 달성할 정도가 됐다.

압권은 영상의 말미.

-저거 실화냐?

-케이 님이 살아 있단 사실도 믿기지 않는데, 와…… 용이라고?

-섭종 보상일까?

-가능성 있지. 케이라면…….

-나 리자드맨의 우물 작전에 참여했던 1인인데, 그때도 용이 있었어.
크기는 많이 작았지만.

삽시간에 증언도 터져 나왔다.

-나 지금 포탈 던전인데, 저거 진짜임. 방금 케이 님이 용 타고 날아감.

-나도 봄. 근데 저 용 익숙하지 않음?

-그러게. 어디서 많이 봤는데.

그렇게 각국의 포털 사이트의 상단을 장식했고, 케이의 타
이틀을 내건 기사들도 우후죽순 나타났다.

사람들은 반신반의하면서도 조회 수를 높이기에 여념이
없었다.

믿기 어려운 소식이지만, 믿지 않을 수도 없는 얘기였다.

-케이잖아.

-그 케이니까…….

-……케이라면.

드림 사이드를 플레이하는 이라면 모를 수가 없는 이름이다.

오랫동안 자취를 감춰서 그렇지, 본래 케이는 현 세계에서 가장 유명할 수밖에 없는 인물.

제아무리 컴퓨터 게임이었다고 해도 랭킹 1위의 유명세는 쉽게 꺾일 수 없는 법이다.

누군가가 의문을 품은 건 그때였다.

-그럼 올림픽은 어떻게 될까?

다가오는 올림픽.

각국의 플레이어들이 던전의 주인의 자리를 두고 경합을 펼치는 그 대회엔, 단연 아크도 참여한다.

과연 케이도 출전하게 될까.

사람들의 의문은 이어졌다.

-만약 케이랑 현 랭킹 1위랑 붙으면 누가 이길까?

-……그 괴물이 질 것 같진 않은데.

-하긴…….

-천외천은 게임에서 천외천이잖아. 현실 랭커를 어떻게 이겨?

하지만 의문의 꼬리표엔 확신이 따르진 못하는 듯했다.

인터넷에서 영상이 뜨겁게 타오르든 말든.

강서준은 고롱이를 타고 유유자적 던전을 가로지르고 있었다.

꽤 구석진 자리.

겉보기엔 평범한 상가처럼 보이는 건물의 지하엔 '진 제국의 비밀 창고'가 있었다.

"네놈은 누구……!"

"엑스트라는 빠져."

경비를 서던 플레이어들을 가뿐히 제치고 안으로 들어섰다. 예상대로 진 제국이 여태 모아 왔던 수많은 아이템이 그곳에 있었다.

아무래도 이곳을 두루두루 창고로 쓸 목적이었는지 대충 둘러보기에도 버거울 정도로 공간도 넓었다.

"이런 걸 전화위복(轉禍爲福)이라고 하겠지."

"……적합자가 위기인 적이 있어?"

"아무튼."

옆에서 이루리가 핀잔을 날렸지만 강서준은 개의치 않았다. 그저 기대를 품고 주변을 둘러봤다.

꽁꽁 숨겨 둔 아이템은 어디에 있을까.

지상수의 한정 경매도 유용한 물건을 찾을 수 있겠지만,

결국 돈을 써야 한다는 점이 마음에 안 들었다.

한데 여긴 공짜다.

그들의 목숨값이니, 전부 털어 간다 해도 할 말은 없으리라.

'막말로 내가 학살을 하질 않은 것만으로도 감사히 여겨야 해.'

과거의 케이였다면 상상도 못 할 일이다. 물론 죽이지 않는 데엔 이유도 있었지만.

'견성 그놈이 아직 자금성에 있으니.'

모르긴 몰라도 정규 업데이트 이후로 놈이 본격적으로 활보를 할 터인데, 그곳을 수호할 이들이 있어야 한다.

그게 진 제국이다.

'방파제를 부술 필요는 없어.'

녀석들이 전부 견성의 계약자가 되어 버렸다면 모를까. 진 제국의 타워에 있던 플레이어의 대다수는 악령이 아니었다.

뭣도 모르고 그저 소속된 이들.

그들까지 처벌하는 건 효율성 면에서도 최악인 것이다.

강서준은 가볍게 혀를 차며 일단 주변을 둘러봤다. 못해도 이곳 어딘가에 그의 눈에 들 만한 아이템이 있을 것이다.

이 넓은 곳에서 '득템' 한 번 못 할까.

하지만 머지않아 크게 실망하게 될 줄은 아마 당시의 강서준은 상상도 못 했을 것이다.

조금 황당할 정도였다.

"대체 이런 걸 왜 모으는 거야?"

진 제국은 골동품을 모으는 데에 취미가 있었을까. 상당수의 아이템은 고작 잡템으로 분류됐다.

장비템은 있어도 그 수준이 고작 B급 아래에 해당됐다.

"대박인 줄 알았는데 쪽박인가."

그런 생각이 들 정도로 허접한 아이템의 나열이다.

하지만 강서준은 쉽게 포기하지 않고 안쪽까지 철저히 살펴보기로 했다.

정말 쓸모없는 아이템들의 창고라면, 구태여 위천이 이곳을 중요하다고 여길 리는 없다.

이딴 곳에 플레이어들을 세워 경비를 시킬 일도 없겠지.

경비병들만 해도 레벨은 200을 넘는 수준이었다. 그런 고급 인력을 이딴 곳에 낭비할까.

'확실히 이상하긴 해. 이 정도로 잡템을 모아 둘 필요가 있나?'

강서준은 한 걸음 뒤로 물러나 전체를 둘러보기로 했다.

나무가 아닌, 숲을 보자는 전략.

[스킬, '류안(S)'을 발동합니다.]

그제야 알 수 있었다.

'이건…… 마법진이구나.'

수많은 잡템 사이에서 독특한 마력의 흐름이 느껴졌다. 잡템들은 일정한 배열로 놓여, 알 수 없는 어느 마법진을 유지하고 있었다.

이쯤 되니 궁금해진다.

"뭘 숨겨 놓은 거지?"

파훼법은 어렵지 않았다.

마법진을 유지하는 잡템을 단 하나라도 파괴하면 될 일.

어지럽게 놓인 잡템 사이에서 마법진을 구성하는 잡템을 찾는 건 그에게 특히 쉬운 일이다.

'류안이 있으니까.'

강서준은 손가락으로 한쪽에 걸린 작은 투구를 가리켰다.

한 번의 거대화로 인해 꽤 배고파졌던 고롱이는 한달음에 달려가 게걸스럽게 투구를 뜯어 먹었다.

['고롱이'가 '추억이 깃든 기사의 투구'를 먹었습니다.]

[포만도가 4% 올랐습니다.]

마법진은 금세 해제됐다.

츠츠츠츳……!

강서준은 한쪽에서 생겨난 빛줄기를 따라 걸음을 옮겼다.

진로를 방해하는 몇 개의 잡템은 여지없이 고롱이의 몫이었고, 이내 목적지에 다다를 수 있었다.

그곳엔 상자 하나만 덩그러니 놓여 있었는데…… 무슨 부적 같은 게 덕지덕지 붙어 있었다.

공포 영화에나 나올 법한 분위기.

이거 열면 귀신이라도 나오려나?

"……그래도 확인해 봐야겠지."

미간을 좁히며 상자를 살피던 강서준은 조심스레 걸쇠를 열었다. 무엇이 튀어나오더라도 괜찮을 정도로 만반의 준비도 마쳤다.

과연 무얼 숨긴 걸까.

확실한 건 이곳에서 가장 중요한 아이템일 거라는 점이다.

그렇게 상자를 활짝 열었을 때.

"……으음?"

강서준은 나지막이 침음을 흘렸다.

['?'을 발견했습니다.]

['?'은 '?'입니다.]

[정보를 해제하려면 업데이트가 필요합니다.]

"그래서 데려왔다고요?"

창고 털이를 끝낸 강서준은 깨비호텔까지 빠르게 돌아올
수 있었다.

늦은 밤.

강서준이 벌인 일 때문이라도 한정 경매는 조기에 종결됐
고, 그 때문에 약간 심통이 난 지상수는 강서준이 데려온 '물
건(?)'에게 집중했다.

"상수야. 넌 이게 뭐 같아?"

"사람이죠. 그것도 어린애."

"그치? 누가 봐도 그냥 애인데."

옆에서 아이를 내려다보던 최하나도 한마디 거들었다.

"이 아이가 진 제국의 비밀 창고, 그것도 마법진으로 가려
진 어느 상자 속에 있었다죠."

"네. 게다가 정보는 ?로 도배되어 있어요. 대체 뭘까요?"

"흐음…… NPC?"

강서준은 곰곰이 여러 추측을 떠올렸지만 모를 일이었다.

그중 가장 유력한 추측은 하나.

'마족과 관련됐을지도.'

아이의 정보를 읽을 수 없는 이유는 업데이트가 되질 않았
기 때문이다.

그리고 업데이트 이후에 가장 활개 칠 놈들이 단연 '마족'
이었다. 실제로 진 제국은 견성과 밀접한 관련이 있질 않았
던가.

'그렇다고 마냥 이 아이가 마족과 관련됐다고 판단하기엔 애매한 게 너무 많아.'

확실한 건 아무것도 없었다.

강서준은 고개를 주억거리며 말했다.

"그래서 링링에게 조사를 맡겨 보려고요. 그녀라면 우리보다 많은 걸 알아낼 수 있을 겁니다."

천재라는 수식어가 기본으로 따라오는 그녀라면 단서라도 찾아낼 수 있을 것이다.

강서준은 김훈을 바라봤다.

"이 상자도 같이 부탁해요. 특수한 마법진이 걸려 있어요. 그게 힌트가 되겠죠."

"네, 알겠습니다."

김훈은 인벤토리에 상자를 넣고 잠에 빠진 아이를 품에 안았다.

곤히 잠든 아이는 수면제라도 지독하게 먹었는지 이곳까지 오는 데에 한 번도 눈을 뜬 적 없었다.

문득 김훈이 물었다.

"……위험하진 않겠죠?"

"네?"

"그렇잖아요. 원래 그런 상자에 봉인된 것들은 사실 엄청난 괴물이었더라, 라는 클리셰."

"그럴 일은 없을 겁니다. 이 아이는 마력을 한 줌도 가지질 못했으니까."

진백호랑은 경우가 달랐다.

이놈은 마치 마력 자체가 몸을 통과하질 못하는 것처럼 온몸의 구멍이 막혀 있었다.

'그러니 더욱 궁금해져.'

대체 이 아이는 누구기에, 대체 무엇 때문에 가둬 둔 걸까.

아무런 힘을 가지질 못한 아이에게 어떤 사연이 있는 걸까.

'……어쩌면 이 아이도 주요 인물일지도.'

이 가능성도 배제할 수 없다.

"부디 잘 부탁드립니다."

"맡겨만 주세요. 날이 밝는 대로 아크에 다녀올 테니."

그때 문이 벌컥 열리면서 익숙한 얼굴이 나타났다. 그는 사전에 파견된 아크 측 인물의 대표라 불리는 자.

박명석이었다.

"오자마자 거하게 하셨더라고요."

"글쎄요. 제가 뭘 했나요."

"덕분에 저희들이 좀 바빴습니다. 인사가 늦은 건 그 때문이니 사과를 하진 않을게요."

"……따지고 보면 박명석 씨가 저지른 일 아닙니까."

박명석은 쓰게 웃으며 답했다.

"그래서 퉁 치잔 겁니다. 서로 고생했으니까."

꽤 뻔뻔한 말투였지만 강서준은 고개를 끄덕여 긍정해 줬다.

그라고 강서준의 이름을 팔고 싶어서 팔았을까.

어쩔 수 없다는 걸 이해한다.

"그나저나 강서준 씨, 대진표가 나왔어요."

"대진표요?"

박명석이 내민 종이엔 생각보다 많은 팀들이 적혀 있었다.

세계 각국에서 모여든 플레이어 집단.

그중 한국은 D조였다.

"경기는 내일 오후 2시입니다. 다행히 시간은 여유가 많지만, 문제는 그 상대겠죠."

"댓글 보면 현 랭킹 1위 얘기가 잔뜩 있던데, 그 사람이라도 나온 겁니까?"

"……아쉽지만 그건 아닙니다."

박명석은 헛웃음을 지으며 말했다.

"곤란한 건, 말하자면 '팀킬'이라 그렇죠."

"……팀킬?"

"대진표에 나온 이름 보세요. 뭐라 적혀 있습니까?"

"무소속, Fanatical exercise."

파나티컬 액서사이즈.

말하자면 '광적인 운동'.

그리고 팀킬이란 단어까지 떠올린 강서준은 저도 모르게
깨닫고 말았다.

"……이거 나도석 씨입니까?"

강서준 VS 나도석

이튿날, 경기가 펼쳐지는 2시에 맞춰 주경기장에 도착한 강서준은 생각보다 많은 인파를 확인할 수 있었다.

진혁수와 김훈은 감탄하며 말했다.

"이게 전부 강서준 님의 경기를 보러 온 사람들인 겁니까?"

"예상은 했지만…… 대단하군요."

게다가 강서준의 상대로 나온다는 '나도석'도 알고 보면 이곳에서 대단한 유명 인사란다.

사설 경기장, 불법 투기장, 때로는 단순한 시비…… 그는 곳곳에서 마치 쌈닭이라도 된 듯 많은 전투를 펼쳐 왔다고 한다.

그 강함은 이미 증명된 셈.

"하기야 이번 경기는 케이 님 데뷔전이나 다름없지 않습니까. 이 정도는 당연한 거죠."

한편 먼저 도착해 있던 지상수가 강서준 일행을 발견하더니 말을 걸어왔다.

"다들 안 오고 뭐 하세요?"

"……잭 님. 그건 다 뭡니까?"

"장사해야죠. 놀러 왔어요?"

김훈의 질문에 뻔뻔하게 대답한 지상수는 흐뭇하게 웃으면서 발이 불이 나도록 사방을 돌아다니는 도깨비들을 둘러봤다.

수 마리의 도깨비들은 팻말을 쥐고 곳곳을 돌아다니며 각종 음식물을 팔고, 몇몇은 대놓고 내기 도박을 권하고 있었다.

"돈 넣고 돈 먹기! 승자를 점쳐 보시죠! 참가비는 고작 100골드! 어쩌면 여러분도 대박의 주인공이 될 수 있습니다!"

열심히 발품을 파는 젝을 꽤 흡족한 눈빛으로 바라보는 지상수. 그는 다시 김훈에게 시선을 돌리더니 말했다.

"우린 슬슬 들어가죠. 우리 자리는 특별히 가장 잘 보이는 VIP석으로 마련해 뒀어요."

"……네."

여하튼 지상수의 안내를 받아 경기장으로 수월하게 진입할 수 있었다. 바깥의 인파만큼이나 이미 많은 사람들이 자리를 꿰차고 있어 곳곳이 문전성시였다.

"여기서부터 갈라져야겠군요."

"네. 응원하고 있겠습니다."

강서준은 관중석으로 향하는 일행과 일별하고 혼자 선수 대기실로 발을 옮길 수 있었다.

오늘의 경기는 오전에 두 건이나 있어서 그런지, 안에는 다치고 지친 선수가 몇몇 있었다. 그리고 한쪽에서 물구나무를 선 채 팔굽혀펴기를 하는 남자를 발견할 수 있었다.

거두절미하고 말을 걸었다.

"나도석 씨."

"왔냐? 살아 돌아온 걸 축하한다."

"고맙습니다. 그보다……."

둘러보기에도 나도석은 그 분위기가 꽤 정갈해져 있었다.

확실히 5개월이란 시간은 길긴 긴 모양이다.

마력을 한 줌도 가지질 못했던 점으로 약점 삼아 공략하려 했는데, 보자마자 그 계획은 무산시킬 수밖에 없었으니까.

질 생각은 없었지만 역시 방심할 수 없는 상대였다.

'하긴 이 사람…… 달에서 이미 마력을 맨주먹으로 후려치는 법을 깨달았었지.'

강서준은 쓰게 웃으면서 나도석을 향해 다시 입을 열었다.

"꼭 싸워야 하겠습니까?"

"흐음……."

잠시 고민하던 나도석은 한 손을 떼고 나머지 한 손으로 팔굽혀펴기를 하며 답했다.

"원래 너랑 싸울 계획은 없었지만 생각해 보면 꽤 괜찮은 것 같더라고. 재회의 기쁨은 주먹으로. 남자답잖아? 꽤 마음에 들어."

"······최악인데요."

"빼지 마. 어차피 넌 나랑 싸우기로 한 약속을 아직 안 지켰잖아?"

예전에 그의 도움을 받을 때에 분명 그런 약속을 한 것 같긴 하다. 시간도 꽤 흘렀고 이후로 다른 일도 많았으니 잊은 줄 알았는데.

강서준은 한숨을 내뱉으며 미련도 같이 털어 낼 수밖에 없었다.

"······미안하지만 봐드릴 순 없습니다. 저도 질 수 없는 경기인지라."

이번 올림픽은 성녀를 만나야 한다는 목적이 있었다. 그걸 위해서라면 본선엔 반드시 올라가야 하는 법.

물론 '나도석'도 따지고 보면 아크 소속이나 다름없었으니, 그가 본선에 올라가도 괜찮을 것이다.

성녀는 그것으로도 만날 수 있다.

'하지만 나는 증명해야 해.'

성녀를 만나기 위해서가 아니었다. 강서준은 케이라는 이름을 널리 떨치기 위해서 올림픽을 준비하기로 마음먹었다.

이유는 간단하다.

'그래야 덤비지 않을 테니까.'

원래 규격을 벗어난 괴물에겐 질투나 시기, 혹은 경쟁심조차 들지 않는 법이다.

케이는 그런 존재였고.

이번에도 비슷한 느낌을 풍기게 하고 싶었다. 상식을 뛰어넘는 강자…… 어쨌든 그 힘을 보여 주려면 올림픽에 나서서 우승을 하는 게 최선이었다.

그것만으로 일단 '랭킹 1위'라는 자리는 탈환할 수 있을 테니까. 강서준은 이번 기회에 영상과 더불어 쐐기를 박을 생각이었다.

나도석은 강서준의 시선을 똑바로 받아치면서 씨익 웃었다.

"바라는 바야."

그의 눈빛은 투지로 불타고 있었다.

❦

경기는 2시 정각이 되자, 바로 선수 입장부터 시작됐다.

이번 올림픽의 가장 큰 이벤트인 토너먼트 결투.

강서준은 경기장에 서서 차분하게 상대를 응시했다.

'나도석.'

모르긴 몰라도 그는 강서준을 제외하고 헬 난이도를 클리어한 유일한 사람일 것이다.

그것만으로도 그 강함은 확실히 규격 외라는 게 증명됐고, 역시 긴장을 늦출 수 없었다.

과연 5개월간 얼마나 강해졌을까.

'직접 부딪치기 전엔 승리를 장담할 수 없겠군.'

물론 강서준도 자신이 있었다.

나도석이 강해졌듯, 그도 산전수전 다 겪으며 꽤나 큰 힘을 쌓게 됐으니 말이다.

무엇보다 그는 PVP에 한해서는 무패의 기록을 갖고 있었다.

'이제 와서 깨트릴 순 없지.'

강서준은 호흡을 정돈했고, 나도석은 한 점의 힘도 흘리지 않고 자세를 잡았다.

─경기…… 시작합니다!

사회자의 마이크 방송이 울림과 동시에 경기장 주변으로 어떠한 파장이 흘렀다.

전투의 여파가 관중석까지 향하지 않도록 하는 배려였다.

어차피 이곳에 오는 관중치고는 플레이어가 아닌 자가 없기에, 꽤 불필요한 배려였지만.

쿠우우웅!

커다란 충격과 함께 경기는 본격적으로 시작됐다.

선제공격은 나도석이었다.

"너라면 전력을 발휘해도 되겠지?"

성난 들소처럼 달려오는 나도석의 뒤편으로 거대한 그림자가 드리웠다.

터무니없지만 그 형태는 진짜 들소였다. 강서준은 입술을 짓씹으며 주변을 둘러봤지만 그림자는 경기장 전역을 뒤덮고 있었다.

'피할 수는 없겠네.'

경기장 밖으로 나가면 당연히 장외 판정으로 패배였다.

강서준은 양손에 마력을 집중시키며 다가오는 나도석을 응시했다. 류안으로 봐도 그가 사용하는 힘이 얼마나 거대한지 느껴졌다.

정말 재밌는 기술이 아닌가.

'여전히 마력은 없는데…… 현실에 저만한 영향을 준다고?'

아마 저 스킬은 '심신합일'에서 비롯되었을 것이다. 들소의 심상을 동일시해서 주변에 영향을 주는 거겠지.

참으로 나도석다운 발상으로 구성된 스킬이 아닐 수 없었다.

시작부터 상식을 벗어난다 이거지.

하지만.

'나도 만만치 않다고.'

강서준은 지난밤 드잡이를 통해 새로 구한 영혼들을 끄집어냈다. 고렙의 플레이어들이라 경험치부터 남달랐던 놈들은 적은 수라도 도깨비갑주를 두껍게 만들어 줬다.

이것으로 겉으로 드러난 두 사람의 기세는 비슷해졌다.

콰아아아아앙!

충격의 여파는 대단했다.

영혼갑주와 심상의 충돌! 그리고 뒤를 이은 나도석과 강서준의 육탄 돌격이 거센 충격파를 만들어 낸 것이다.

고작 일격에 주변을 둘러싸던 마법진이 흔들리고 관중석으로 영향이 일부 넘어가고 말았으니까.

사회자는 아연실색하며 말했다.

-이, 이건…… 상식을 초월하는군요!

물론 흔들렸던 마법진은 금세 제자리로 돌아왔고, 꽤 위협적인 충격에도 관중은 환호를 보낼 뿐이었다.

나도석은 호흡을 짧게 내뱉었다.

"랭킹 1위란 게 역시 아무나 올라가는 게 아닌가 봐. 너도역시……."

그러더니 말한다.

"전투를 길게 끌 필요는 없겠지. 다음 일격에 모든 걸 쏟아 낸다. 마음의 준비는 됐겠지?"

최강자들의 싸움은 때로는 길게 이어지지 않는다. 오히려 단판 승부로 모든 게 끝날 수도 있다.

각자 스스로의 역량을 너무 잘 알기에. 당장 해낼 수 있는 최대한의 일격이 먹히느냐 안 먹히느냐에 따라 승부를 가를 수도 있는 것이다.

나도석의 준비 과정은 꽤 길게 느껴졌다. 강서준은 나지막이 생각했다.

'그냥 지금 공격할까……'

준비 과정이 저토록 긴 기술은 그 자체가 약점이다. 실제로 목숨을 걸고 싸우는 와중에 저러는 꼴은 나 죽여 줍쇼 하고 광고하는 것이다.

하지만 강서준은 꾹 참았다.

이번 건은 나도석에게 실례가 되는 행동인 건 물론, 특히 나도석에겐 해선 안 될 일이다.

'그는 심신합일이 있으니까.'

차라리 지금처럼 일격승부를 펼쳐 이기면 좋고, 아니면 깔끔하게 털어 내는 심상을 갖는 게 낫다.

자칫 그의 심경을 건드려 생사혈투로 넘어가면 어쩌겠는가.

'무엇보다 나도 한 번쯤은 붙어 보고 싶었어.'

나도석은 오직 운동만으로 플레이어의 자리를 꿰찬 괴물.

꾸준한 근력 투자로 한 분야에서 그를 따라올 수 없는 현시대의 또 다른 천외천이었다.

말 그대로 드림 사이드 2에서 새로 튀어나온 고인물.

호승심이 일어나지 않는다면 거짓말이다.

"좋습니다. 나도석 씨도 조심하시죠."

강서준은 재앙의 유성검에 피를 흘려 '블러드 석션'부터 발동시켰다.

피를 흡수해서 강해지는 검.

도깨비불까지 타오르니 그가 해낼 수 있는 최대의 일격은 차츰 준비되어 갔다.

쿠오오오오……!

나도석의 뒤편으로 거대한 심상이 또 드러났다. 경기장 위쪽 하늘까지 솟은 그 형상은 터무니없지만 '킹콩'.

"그럼…….."

거두절미하고 고개를 끄덕인 나도석은 강서준을 향해 힘껏 달려왔다.

[플레이어 '나도석'이 스킬, '심신합일(S)'을 발동합니다.]

커다랗게 부푼 킹콩은 마치 지진이라도 일으킬 듯 강서준을 향해 주먹을 휘둘렀다.

거대한 힘이 느껴졌다.

콰아아앙!

팔다리가 부서질 것만 같은 충격은 연속적으로 내리쳐졌다. 역시나 심상을 피하기엔 너무 좁은 경기장.

강서준은 온몸으로 견뎌 내야만 했다.

'정말 어마어마하군.'

괴물은 괴물이다.

하기야 그 공격력 하나만큼은 300레벨에 근접했을 것이다. 다른 스탯을 찍질 않고 오직 근력에만 투자하는 남자니까.

이건 인정할 수밖에 없다.

나도석은 여태 만났던 플레이어 중 가장 강한 사람이었다.

'하지만……'

문득 떠오르는 사람이 있었다.

'……그 사람보다는 아니야.'

머릿속에 떠올린 건 드림 사이드 1에서 마주했던 황제 '멜빈 알론'이었다.

그는 '태산 가르기'라는 절정의 기술을 갖고 있었다. 그 기술의 위력은 가히 대단했다.

'한 점의 흘림도 없는 완벽한 가르기.'

강서준은 류안을 번뜩이며 킹콩을 둘러봤다. 한눈에 봐도 거칠기 그지없는 그 흐름 속에서 강서준은 한 줄기 미약한 흐름을 찾을 수 있었다.

아마 약점일 것이다.

'우선 군더더기를 줄이고 마력의 흘림을 제어하자.'

쿠웅! 쿠우우웅! 쿠우우우웅!

거친 충격 속에서도 강서준은 꾸준히 집중을 이어 나갔다.

이윽고 한 호흡을 길게 들이마시며 자세를 잡았다.

'……지금!'

[스킬, '태산 가르기(S)'를 발동합니다.]

강서준은 미약한 흐름을 쫓아 빠르게 나아갔다. 그곳까지 길이 이어진 듯 훤히 보이고 있었다.

[스킬, '집중(S)'을 발동합니다.]

태산 가르기는 말 그대로 한 점의 흘림도 없이 힘을 집중시켜, 태산을 가른다 하여 만들어진 기술!

황제의 검술을 따라 그 선을 잇다 보니 강서준의 검은 어느덧 킹콩을 베고 나도석의 목을 향해 나아갔다.

정확하게 그 앞에 멈출 수 있었다.

"……졌다. 여전히 강하군."

"한 끗 차이였습니다. 저도 운이 따라 주지 않으면 모를 일이니까요."

진심이었다.

자칫 잘못하면 질 수도 있다고 생각했으니까. 나도석은 벌러덩 뒤로 누우면서 지친 얼굴을 했다.

"하지만 강서준, 이대로면 넌 질 거야."

"네?"

"본래 내가 싸우고자 한 그놈. 현 랭킹 1위는 진짜 괴물이 니까."

심신합일은 상대를 이기겠다는 확신이 있어야 더욱 그 힘 이 강해지는 능력이다.

해서 나도석의 강함은 겁도 없이 세상을 활보하는 그 자신 감이 함께하는 것이다.

그런 그가…… 먼저 패배를 말했다.

'나도석의 고평가를 받는 자라…….'

하기야 박명석에게 귀가 딱지가 나도록 들은 얘기가 있다.

드림 사이드 1엔 케이가 있다면, 2엔 '그'가 있다고.

"한데 벌써 잊었습니까?"

"뭘?"

"전 성장이 빨라요."

스스로의 입으로 말하긴 뭣하지만, 당장 자신을 표현할 방 법은 아마 그뿐일 것이다.

기껏 레벨도 200 초반이니까.

성장 가능성은 무궁무진했다.

'게다가 아직 안 한 것도 있으니까.'

강서준은 재앙의 유성검을 허리벨트에 수납하며 생각했 다.

'슬슬 2차 전직을 해야겠군.'

전투가 끝나자 좌중은 씻은 듯이 조용해졌다.

전직 랭킹 1위였던 '케이'와 떠오르는 강자인 '나도석'의 경기.

예상보다 훨씬 수준 높은 경기였을까. 누가 먼저랄 것도 없이 할 말을 잊고 입을 닫아 버린 것이다.

"……방금 내가 본 게 대체 뭐야?"

"대박…….."

영상으로 보아 케이의 강함은 익히 알고 있었다. 진 제국을 상대로 단신으로 쳐들어가 유유히 빠져나간다는 게 아무나 할 수 있는 일이 아니니까.

하지만 직접 목격했을 때의 충격은 영상과 차원이 달랐다.

관중들은 살 끝으로 올라온 닭살에 저도 모르게 몸을 떠올랐다.

뒤늦게 전율이 일었고.

"와아아아아!"

거대한 함성이 터져 나왔다.

이젠 경기의 승자가 누구든 중요하지 않았다.

천외천급의 플레이어들이 보여 준 최고의 경기.

"케이! 케이! 케이!"

"와아아! 이거지! 이거야!"

"나도석! 멋있다!"

사람들의 환호성을 뒤로하고 케이는 터벅터벅 대기실로

돌아갔지만, 한 번 달아오른 열기는 식을 줄을 몰랐다.

관중들은 깊은 여운을 느끼며 경기의 잔향을 즐기고 있었다.

부서진 흔적은 건축 계열 플레이어들이 빠르게 나와 수복을 개시했지만, 아무래도 시간은 걸릴 수밖에 없었다.

케이와 나도석의 전투 여파는 과할 정도로 컸으니까.

한편 실황 중계로 펼쳐진 라이브 영상 댓글도 잠시 적막이 흐르고 있었다.

　

-실화냐…….

-나도석은 대체 어떻게 마법을 쓴 거임? 올힘의 정석 아니었나.

ㄴ저딴 마법 없음.

ㄴ현직 마법사입니다. 저런 마법 없습니다. 있다면 링링 님의 창조 마법이 아닐까 싶습니다.

ㄴㅋㅋㅋ뭐래. 링링이랑 나도석 사이 안 좋은 거 모름?

　

일단 올힘 캐릭터로 유명한 나도석이 보여 준 그만의 고유 스킬.

아무래도 헬 난이도 보상인 '심신합일'과 그의 직업인 '불굴의 인파이터'의 조합으로 만든 것으로 추정되는 그 스킬이 가장 인상적이었다.

그 모양새가 마치 마법 같았으니 오해를 할 만도 하다.

―그나저나 이러면 어떻게 되는 거냐?

―뭘?

―랭킹 1위…… 진짜 탈환당하는 거 아냐?

이미 천외천급의 평가를 받는 나도석은 현직 랭킹 1위의 라이벌로 추앙되기도 했다.

그런 자를 강서준이 쓰러트렸다.

전직 랭킹 1위의 위엄…….

과연 과거에 국한될 일인지, 현재에도 그 타이틀이 적용될 것인지는 사람들의 관심사로 이어질 수밖에 없었다.

―이 경기를 보기 전까지만 해도 결과는 당연하다고 생각했는데. 이젠 잘 모르겠네.

―나도 중립 기어 박는다.

―나도.

―안 돼! 내기 걸었단 말야!

여전히 현직 랭킹 1위의 승리를 점치는 사람 반, 이젠 새로운 강자로 등극한 케이를 응원하는 사람 반.

확실한 건 아직 아무것도 알 수 없다는 것이다.

그 시각.

다른 사람들과 마찬가지로 커다란 모니터로 경기를 관람하던 진 제국의 황제 '칭트리칸'은 침음을 삼키고 있었다.

"……너무 강하군."

슬슬 전 세계의 플레이어에 대한 정보가 완성되는 시점이었다.

거기서 '나도석'은 낮게 잡아도 랭킹 10위권 안에 든다.

새로운 천외천이라 해도 어색하지 않는 남자. 그의 부하였던 '추공'이나 '위천'과는 비교가 안 될 것이다.

"싹을 잘라 버릴 셈이었는데 호랑이의 코털을 뽑은 셈인가……."

칭트리칸의 고민은 별수 없이 더욱 커져만 갔다. 왜냐면 이대로 물러난다는 건 불가능하기 때문이다.

'저놈 때문에 진 제국의 위상이 너무 꺾였어. 응당 처벌을 내려야 해.'

하지만 무작정 쳐들어갈 순 없다.

직접 싸워 봐서 그 강함을 알았고, 나도석과의 경기를 통해 그 수준을 깨달았다.

진 제국의 역량으로는 천둥벌거숭이처럼 날뛰는 케이를 어찌할 도리가 없다.

'그렇다면……'

두 개의 방법이 남는다.

하나는 케이가 압도적인 강함으로 무장해서 과거의 위치를 되찾는 것.

랭킹 1위의 타이틀이 여전하다는 걸 세상에 알린다면, 진 제국의 위상도 되돌아오기 마련이다.

랭킹 1위, 케이.

천외천 중에서도 최상단에 있을 그에게 '패배'했다 한들, 위상이 깎일 건 없을 테니까.

'하지만 이건 내 성에 차질 않아.'

자고로 진 제국은 고개를 숙일 일이 없는 길드여야 한다. 세상 모든 걸 발아래에 두고 군림하는 단일 제국.

그가 꿈꾸는 세계란 무릇 그렇다.

'꺾어야만 한다.'

소거법으로 남은 건 하나.

케이를 죽여 진 제국의 위상을 다시 세상에 떨치는 것이다.

그게 칭트리칸의 결론이었다.

"……수소문을 해야겠군."

"하명하십시오."

"랭킹 1위, 데칼에게 연락을 넣을 수 있나?"

그의 직속 부하 송명은 곰곰이 고민하더니 답했다.

"어려울 듯합니다. 그의 거처는 알려진 게 없을뿐더러, 어느 나라 출신인지도 알지 못합니다. 연락망 자체가 존재하질 않습니다."

랭킹 1위 데칼.

현시점에서 그를 능가하는 플레이어는 없다고 알려진 최강자였다.

인터넷이나 수많은 사람들이 추측해도 쉽게 누가 이길 거라고 장담하지 못하는 이유는.

단연 데칼도 미친 듯이 강하기 때문이었다.

'드림 사이드 1에선 없던 인물이기도 하고⋯⋯.'

그는 나도석과 같다.

드림 사이드 1을 플레이하지 않았으며, 새로 두각을 드러낸 2 고유의 플레이어.

그에 관련된 정보 자체가 전부 모호할 수밖에 없었다.

"그래도 계속 수소문해. 그를 포섭한다면 밸런스를 맞출 수 있으니까."

칭트리칸은 한숨을 내뱉으며 말했다.

"차선책도 있겠지?"

"물론입니다. 폐하."

"고하라."

송명은 스크린에 영상을 띄웠다. 누군가가 대검 하나를 쥐고 던전에서 몬스터를 학살하고 있었다.

"이자는……?"

"전 랭킹 2위이자, 현 랭킹 2위로 알려진 '리트리하'입니다."

칭트리칸은 스크린을 보며 저도 모르게 감탄을 내뱉었다.

그만큼 대검 하나로 보여 주는 무시무시한 검술은 전율이 일 정도로 압도적이었다.

"근데 1에서도 랭킹 2위였다면, 결국 그자도 패배자가 아닌가."

"폐하, 그건 아직 모르는 일입니다."

"……아직 모른다?"

"네. 리트리하는 사실 장애를 앓고 있었으니까요."

뒤늦게 알려진 얘기였다.

랭킹 2위인 리트리하는 어렸을 적, 도끼에 잘려 왼손가락이 두 개에 불과했다.

"그는 일곱 개의 손가락으로 랭킹 2위에 등극한 자입니다. 무엇보다 현시점엔 그 손가락도 모두 고쳤다고 알려졌죠."

칭트리칸은 다시 영상에 집중했다.

리트리하가 대검을 쥔 손가락은 이젠 완연한 열 개.

과거의 흔적 따위는 보이지도 않을 만큼 굳게 잡은 대검은 마치 세검을 휘두르듯 빨랐다.

대검이 한 마리의 커다란 개미를 잘라 버린 건 그때였다.

"확실히 강하군. 레벨만 300에 근접한다는 거대 개미를 저

상위 0.001%
랭커의 귀환

리 쉽게 잡다니."

"실제 그의 레벨은 이미 300을 넘었다는 소문도 있습니다."

"호오?"

칭트리칸은 머릿속으로 리트리하와 케이의 경기를 상상해 봤다.

레벨만 놓고 본다면, 제아무리 전 랭킹 1위였다는 케이는 당해 낼 수 없는 것이다.

'하지만 레벨만으로 따질 순 없어.'

극비리의 정보통을 통해서 케이의 현 레벨을 알아차리고 애써 암살단을 꾸렸다.

모두 200의 후반대에 속하는 레벨이었으니, 결코 당할 일은 없었어야 했다.

하나 전부 실패하지 않았던가.

케이는 레벨 하나로 재단할 수 없다. 직접 마주하고 당해 봤으니 칭트리칸은 뼈저리게 느끼고 있었다.

그는 눈을 빛내며 말했다.

"그를 데려올 수 있나?"

"이미 추진 중입니다."

"빠르군."

"네, 연락은 닿았고 리트리하도 꽤 긍정적입니다. 이르면 내일…… 답신을 보내올 것입니다."

칭트리칸은 매우 흡족한 얼굴로 송명과 시선을 마주했다.

사실 진 제국을 이 정도나 되는 위치로 끌어올린 건 눈앞의 이자의 역할이 컸다.

제갈공명의 환생이라도 되는 걸까. 불세출의 천재처럼 지략을 펼쳐 왔더랬다.

칭트리칸은 그에게 물었다.

"자네는 어찌 생각하나?"

"무얼 말씀이십니까?"

"리트리하. 그자가 케이를 이길 수 있다고 생각하는가?"

송명은 한 치의 망설임도 없이 답했다.

"확신하지 못합니다. 리트리하의 역량을 파악하지 못한 것과 마찬가지로, 케이의 강함도 규격은 벗어날 테니까요."

"흐음……."

"하지만 확실한 건 '리트리하' 정도 되는 플레이어라면 케이의 전력을 끌어낼 수 있다는 겁니다."

칭트리칸은 송명의 눈에 담긴 사이한 빛을 읽었다. 각종 음모를 펼칠 때에 종종 보여 주던 눈빛이다.

송명은 서늘하게 웃으며 말했다.

"한계가 드러난 플레이어는 더 이상 하늘이라 불릴 수 없는 법입니다."

한쪽에서 진 제국이 음모를 펼치거나 말거나. 강서준이 묵고 있는 깨비호텔엔 날카로운 목소리가 널리 널리 터지고 있었다.

−정말 생각이라곤 없는 남자라니까?

전화기를 뚫을 기세로 날카로운 목소리의 주인공은 링링.

그녀는 수화기 너머에 있는 나도석을 향해 더욱 사납게 말을 이었다.

−연락도 끊고 잠적하질 않나…… 허구한 날 쌈닭처럼 싸움이나 하고. 당신은 인생을 재미로 살아요?

"재미로 살지 뭐로 살아?"

−하…… 진짜 답도 없는 인간아.

짧은 대화였지만 그것만으로도 5개월의 시간을 그들이 어찌 지내 왔는지 알 법했다.

하긴 링링의 입장에선 답답할 것이다.

나도석이 어디 뜻대로 움직이는 사람인가.

'수원을 두고 아크에 정착한 이유도 고작 재미를 위해서였으니까.'

한데 강서준이 아크에서 사라지면서, 나도석도 그곳에 있을 이유가 없어진 것이다.

어쩌면 그의 기이한 행보는 당연한 걸지도 모른다.

문제는 그걸 링링이 받아들이질 못한다는 거겠지.

　'링링은 감정적으로만 움직이는 나도석을 이해하질 못해. 그렇게 살아 본 적이 없을 테니까.'

　게임이던 '드림 사이드 1'도 마치 공부하듯 플레이하던 게 링링이었다.

　해서 천외천이라 부릴 정도로 높은 수준의 플레이어가 됐지만, 그녀에게 있어 게임은 단순한 유흥거리가 아니었다.

　사실 드림 사이드의 마법사 클래스는 각종 공부에 도움이 되는 편이었으니까.

　링링의 시작점은 그저 새로운 방식의 공부를 하고 싶어서였는지도 모른다.

　'결국 둘은 견원지간처럼 섞일 수 없어.'

　감정적으로만 행동하는 나도석과 이성으로만 움직이는 링링이니까.

　-말을 말자. 말을 말아…….

　"그러니까."

　-하…….

　그렇게 일단락 된 나도석은 대충 자리를 비우고 외출 준비를 했다. 어디 가냐고 물으니 야간 트레이닝 시간이란다.

　'정말 변함없는 사람이야.'

　어쩌면 강서준이 재앙의 유성에서 했던 조언을 그 누구보다 잘 따르는 사람은 아닐까.

저런 남자니까, 아크에 '몽마'가 들이닥쳐도 그는 별 대미지조차 없었던 것이다.

마기에 대한 방비는 중요하지 않다.

심신합일로 인하여 그의 정신력은 물 샐 틈 없이 단단하게 굳어 있을 테니까.

-그나저나 케이, 안 좋은 소식이다.

"뭔데?"

-리트리하가 진 제국과 접촉했다더라고.

"리트리하?"

-응. 기억하지?

당연히 기억한다.

랭킹 2위였던 그는 수십 번은 던전 공략을 함께한 사이였으니까.

-아무래도 진 제국 소속으로 올림픽에 참여한다더라고.

"중국 사람이었어?"

-아니…… 이번에 특별히 진 제국의 용병으로 참여하려나 봐.

강서준은 미간을 구겼다.

"그게 돼? 이제 와서 선수를, 그것도 타국의 플레이어를 영입한다는 게?"

-세상에 돈으로 안 되는 게 어딨니. 우리도 경기를 늦추기 위해서 찌른 돈이 얼만데.

"……."

―어쨌든 조심해야 할 거야. 1에서의 그를 생각하면 큰코다칠걸?

링링이 말하길, 리트리하는 손가락이 부족한 상태로 게임을 플레이했었다고 한다.

그럼에도 랭킹 2위인 자였다.

게임에 대한 이해도는 최상을 달리지만 묘하게 컨트롤이 약했던 이유가 아마 그 탓이었나 보다.

'뭐, 리트리하의 플레이 방식에서 컨트롤은 대단히 중요한 건 아니었지만.'

강서준은 어깨를 으쓱이며 답했다.

"일단 알았어. 주의할게."

―그리고 이번에 네가 보낸 아이에 대한 정보인데…… 그 아이.

그때였다.

"강서준 님?"

바깥에서 누군가 노크를 했고, 지상수의 노예인 젝이 난처한 얼굴로 문을 살짝 열었다.

"반드시 해야 하는 이야기가 있다는 손님이 있어서 일단 알려 드리러 왔습니다. 실례가 됐다면 죄송합니다."

"아니 됐어. 누군데?"

"그게……"

젝은 나지막이 말했다.

"본인을 성녀라고 주장하는 여자입니다."

베타테스트

이태리 장인이 한 땀 한 땀 정성스레 수를 놓은 듯 정갈한 옷차림.

뻗친 머리카락 없이 올곧게 정돈된 인상은 그녀가 어떤 사람인지 말해 주는 듯했다.

성녀 모르핀.

정확하게는 미국의 기업 '디스 플레이스'의 대표이사 마일리는 젝이 준비한 찻잔을 가만히 내려다보고 있었다.

강서준은 쓰게 웃었다.

'이렇게 직접 찾아올 줄이야.'

사실 강서준도 슬슬 성녀를 만나야겠다는 생각을 하고 있었다.

이미 그가 '케이'라는 건 공공연하게 밝혀진 사실이니까.

지난 진 제국의 영상부터 나도석을 상대로 싸워 이긴 일까지. 그의 능력은 이미 여러 매체를 통해 증명되어 있었다.

성녀를 만날 조건은 성립된 것이다.

'수고를 덜었군.'

어쨌든 강서준은 눈을 빛내며 마일리의 의중을 파악해 보고자 했다.

이렇듯 밤늦게 찾아올 정도라면 뭔가 중요한 일이 있는 것이다.

강서준은 차를 한 모금 머금은 뒤 나지막이 물었다.

"왜 절 찾으신 거죠?"

그녀는 김이 모락모락 피어오르는 찻잔에서 시선을 떼고, 강서준을 똑바로 바라보며 말했다.

"……긴급히 상의할 일이 있어 이렇게 실례인 줄 알고 찾아왔습니다."

고가의 통역기라도 착용했는지 그녀의 말투에선 어눌한 부분을 찾을 수 없었다. 모르는 사람이 들었으면 한국인으로 착각할 정도로 능숙한 억양이었다.

그나저나 긴급히 상의할 일이라고?

천외천답게 오픈 초기부터 상당한 두각을 드러내며 이미 정상에 가까운 자리에 선 그녀였다.

가지고 있던 사업체를 더욱 성장시켜 포탈 던전까지 장악하질 않았던가.

성녀라는 특수성, 기업의 대표라는 위치…… 이미 모든 걸 가진 듯한 그녀가 상의할 일이라.

강서준은 일단 그녀의 말을 기다리기로 했다. 마일리는 눈을 빛내면서 겨우 입을 열었다.

"케이 님은 이 던전에 대해 얼마나 알고 계십니까?"

"던전이라면……."

"우리가 서 있는 이곳요."

B급 던전, 미지의 땅.

몬스터도 NPC도 존재하지 않으며, 오직 다른 곳으로 이어지는 포탈만이 존재하는 특수 던전.

드림 사이드 1에서도 끝내 미스터리는 밝혀지지 않았고, 그저 플레이어를 위한 편의 시설로만 생각해 왔다.

그건 2에서도 같은 줄 알았다.

여긴 그저 시스템이 플레이어에게 준 안배라고.

하지만 마일리가 저리 말하는 데엔 이유가 있을 것이다.

'하기야 편의 시설일 리는 없었다. 드림 사이드가 그리 친절한 게임도 아니고 말야.'

정답은 결국 '밝혀내지 못한 던전'이라는 거겠지. 마일리는 강서준이 무슨 생각을 하는지 아는 눈치였다.

그녀는 그녀만의 가설을 늘어놓았다.

"저도 처음에 단순히 허브 같은 건 줄 알았습니다."

허브(Hub).

어떤 신호를 다른 곳으로 분산시켜 내보낼 수 있는 장치.

수많은 플레이어들이 포탈 던전을 통해 다른 곳으로 이동하던 걸 떠올려 보면 꽤 정확한 비유였다.

'택배에서도 자주 쓰이는 단어지.'

곤지암 Hub, 옥천 Hub…… 인터넷으로 물건을 구매하면 한 번쯤은 Hub를 경유하질 않던가.

"……일리 있는 얘기네요. 이곳도 결국 어딘가로 이동하기 위한 경유지 같은 역할을 하니까."

"네. 근데 문제는 이곳이 단순한 경유지는 아닐지도 모른다는 겁니다."

"……자세히 말씀해 보시죠."

마일리는 한숨을 쭉 내뱉더니 침착한 목소리로 말을 이었다.

"만약 이곳에 열린 문이 지구로만 연결된 게 아니라면 어떻게 하시겠습니까?"

미간을 좁힌 강서준을 향해, 마일리는 더욱 세세한 정보를 풀어냈다.

"극비 정보입니다만, 최근 저희들이 조사한 바로는 이곳에 도합 15개의 포탈이 있다는 걸 알아냈습니다."

미국, 중국, 러시아, 호주…… 인도, 한국. 다양한 국가에 연결된 포탈들이었다.

"한데 지구에서 이곳으로 넘어오는 포탈은 14개로 확인됐어요. 이제 슬슬 감이 오시나요?"

14개의 입구와 15개의 출구.

강서준은 마일리가 하는 말이 무얼 뜻하는지 알 수 있었다.

물론 확신하기 전에 떠오른 의문 먼저 물어보기로 했다.

"하지만 아직 발견되지 못한 포탈일 수도 있잖아요? 만약 아마존 같은 오지에 만들어졌다면…….."

"아뇨. 지구로 연결되지 않았어요."

"어떻게 확신하죠?"

"연결된 장소가 적혀 있었으니까요."

생각해 보면 이곳으로 들어올 때에도 시스템 메시지는 친절하게 '출입구는 광명동굴'이라고 말해 줬다.

즉 15번째 포탈은 지구 어느 곳에도 없는 장소라는 것이다.

마일리는 가볍게 혀를 차며 말했다.

"물론 추측일지도 몰라요. 제대로 된 명칭이 적혀 있지도 않았고, 아직 저희들은 그곳으로 들어가 보질 못했으니까요."

"그건 무슨 소리죠?"

"시스템이 막더군요. 플레이어가 출입할 수 없는 곳이라고요."

"……시스템에 의해 제한된 구역."

확실히 수상했다.

플레이어의 접근을 막는 데에는 여러 이유가 있고, 그중 가장 대표적인 건 퀘스트였다.

공략해야 열리는 길.

어쩌면 포탈 던전의 비밀을 알아차리려면 그 포탈을 먼저 넘어가 봐야 하는지도 모른다.

그때 마일리는 조심스레 주변을 살피더니 작은 목소리로 입을 열었다.

"사실 진짜 문제는 그 포탈을 통해 누군가가 이곳으로 넘어왔다는 겁니다."

"……네?"

"일단 포탈을 숨기고 상황을 알아보려고 경계병을 세워 뒀는데, 모두 끔찍하게 당했더군요. 그것도 등 뒤에서 날아온 공격에 의해서 죽었어요."

경계병들은 포탈을 등 뒤로 두고 경계를 펼쳤다. 포탈을 넘은 누군가가 그들을 공격한 것이다.

"여러 명의 발자국이 바깥으로 나 있고, 명백한 침입 흔적들이 남아 있었어요."

강서준은 절로 경각심이 떠올랐다. 닫혀 있을 줄만 알았던 던전에서 나타난 의문의 집단이라.

만약 '던전 속의 던전'이었고, 그곳에서 나타난 놈들이 '몬스터'라면 어떨까.

던전 브레이크를 통해 밖으로 나왔다면?

'골치 아파진다.'

여태 놈들의 모습을 본 사람은 없고, 당연히 몬스터는 존재하지 않을 곳으로 여겨지는 이유가 무엇이겠는가.

놈들이 지능을 갖고 움직이고 있다는 것이다.

한편 강서준의 고민은 길게 이어질 것도 없었다. 그에게 조언을 구하려는 듯 마일리가 바로 무언가를 물어 왔기 때문이다.

처음 들었을 때, 조금 터무니없었다.

"혹시나 해서 묻는 겁니다만, 강서준 씨는 #0116이 무얼 뜻하는지 알고 계십니까?"

"0116……?"

"포탈에 적혀 있는 장소의 이름입니다. 해독을 하고 싶지만 정보가 너무 빈약하여…… 케이 님은 뭔가 알고 계신 게 있습니까?"

가만히 그녀의 말을 듣던 강서준은 망치로 머리를 세게 후려 맞은 듯한 기분을 느끼고 있었다.

#0116.

그가 이 숫자를 모를 리가 없다.

"뭔지는 몰라도 저희는 하루빨리 관련 포탈에 대한 의문을 풀어야 한다고 판단했습니다. 만약 정말 그곳이 던전이고, 몬스터가 존재한다면…… 반드시 찾아내 죽여야 해요."

성녀의 말에 강서준은 입술을 잘근 깨물었다. 그녀의 추측은 강서준이 종전에 했던 것과 정확하게 일치하고 있었다.

하지만 그녀의 추측은 반은 맞고, 반은 틀렸다.

왜냐면 그곳은 '던전'이 아닐 테니까.

'……미리 예상했어야 했어. 드림 사이드 1에서도 비슷한 일은 있었으니까.'

강서준의 추측은 멀리 나아갔다. 현시점에서 국한시키질 않고 사고를 유연하게 늘렸다.

그래.

현실은 드림 사이드가 됐다. 그리고 그의 입장도 0114 채널에서의 NPC들과 이제 다를 게 없어졌다.

그렇다면……?

강서준은 입술을 잘근 깨물었다.

'마일리가 말한 포탈은 던전으로 이어지는 게 아니야. 이 다음 세계…… 다음 채널로 연결된 거지.'

강서준은 결론을 내릴 수 있었다.

'#0116 채널로 연결된 문이야.'

어쩌면 이 모든 일은 필연적이었다. #0114 채널에도 어느 날, 플레이어의 로그인이 시작됐으니까.

즉, 마일리가 말한 정황은 #0116 채널의 플레이어가 이곳으로 진입했다는 걸 의미하는 것이다.

'근데 왜 이곳에만 문이 생긴 거지?'

정말 채널이 연결됐고, 플레이어로 추정되는 이들이 이 세계로 넘어왔다면, 고작 포탈 던전 하나에만 문이 생길 이유가 없었다.

드림 사이드 1에서의 플레이어가 진입할 수 있는 문은 무궁무진하게 많았으니까.

문이 하나만 생겨난 이유가 있을 것이다.

'……만약 문이 하나만 열린 것도 시스템에 제약을 받은 거라면? 흐음, 아직 저들이 전 세계로 로그인할 수 없는 상황이라면?'

거기까지 생각한 강서준은 포탈 던전에 대한 정의를 아예 새롭게 내릴 수 있었다.

몬스터도, NPC도, 그 어떤 것도 존재하지 않을 곳. 그저 다른 공간으로 넘어가는 포탈만이 가득한 장소.

여긴 편의를 위한 곳이 아니었다.

드림 사이드가 게임이고, 그게 다음 세계에도 이어지는 특징이라면.

이곳은 분명한 목적이 있는 땅이다.

'베타테스트를 위한 땅일지도.'

베타테스트.

이른바 게임이 시작되기 이전에 사전 플레이어가 방문해서, 게임의 콘텐츠를 즐기며 각종 버그나 필요한 내역들을 피드백하는 일.

생각해 보면 드림 사이드 1에서도 베타테스트 기간을 거쳤다.

비록 그가 테스터에 선정되진 못해 직접 경험해 보진 못했지만, 아마 이곳과 비슷한 느낌은 아닐까.

게임은 플레이할 수 있지만 이동할 수 있는 공간은 극히 한정적인 상태.

'저들이 이곳을 벗어날 수 없도록 시스템의 제약에 묶여 있다고 가정해 보면 더욱 간단한 일이야.'

그들에게 있어 이동하지 못하는 포탈은 그저 개발되지 않은 땅처럼 비춰질 것이다.

몬스터가 없는 이유?

사실 저들의 입장에선 강서준과 같은 이들이 몬스터나 NPC나 크게 다를 게 없지 않은가.

한편 마일리는 호흡을 가다듬으며 말했다.

"해서 정식으로 의뢰하고 싶습니다. 케이. 당신이 이 던전에 대해서 더욱 자세히 조사해 주셨으면 해요."

<hr>

마일리는 정중하게 몇 번이나 고개를 숙이며 부탁을 하고는 종종걸음으로 멀어졌다.

역시 사람은 직접 마주하기 전엔 모르는 걸까.

게임 속에선 그토록 사이코패스 같은 플레이를 즐겨 하던 그녀였지만, 현실에선 전혀 상반된 이미지가 확고하게 느껴졌다.

버젓이 잘나가는 기업 대표.

발 빠르게 움직여 포탈 던전을 장악했고, 각종 사업을 성공시킨 당사자답게 무척이나 지적인 이미지가 강렬하게 느껴졌다.

'그런 성녀를 뒤통수를 친 지상수가 새삼 대단하네.'

비록 게임이라 해도 이 정도 사업 수완을 가진 그녀에게, 뒤통수를 친 초딩이었다.

하기야 그랬기에 지금의 지상수가 완성됐을 것이다. 지상수도 마일리 못지않게 성공을 거둔 사업자였으니까.

'어쨌든 이번 일만 마무리해 낸다면 아크의 일이고 뭐든 돕겠다고 했으니.'

강서준은 쓰게 웃으면서 마일리가 떠난 빈자리를 바라봤다.

그녀의 옷차림만큼이나 깔끔하게 정돈되어 있었다.

"링링…… 넌 어떻게 생각해?"

─흐음.

사실 링링과의 전화는 끊질 않았다. 마일리에게 미안한 일이지만, 이런 경우엔 그녀의 조언이 더욱 도움이 될 테니까.

'마일리도 이미 아는 눈치였지만.'

링링은 잠시 고민하더니 말했다.

-아직 모르겠어. 불확실한 정보가 너무 많아.

그녀도 나한석 대위를 통해 어느 정도 이 세계의 구조에 대해 들은 뒤였다.

해서 그녀도 강서준과 비슷한 추측을 했다. 어쩌면 이곳은 베타테스트를 위한 땅일지도 모른다는 것까지.

'하지만 역시 확신하진 못해.'

모든 게 추측이고 정황증거에 불과했다. 검증하지 못한 정보는 소문만도 못한 법.

강서준은 어깨를 으쓱이며 말했다.

"직접 조사하는 수밖에 없겠어."

결국 이 던전에서 해야 할 목록이 하나 더 늘어난 셈이다.

그곳이 던전이라면 공략해야 할 것이고.

만약 정말 다음 세계로 연결된 것이라면 대책부터 세워야 할 것이다.

-케이.

"응?"

-만약 추측이 사실이라면 간과하지 말아야 할 게 있어.

전화기 너머로 들려오는 링링의 목소리는 사뭇 진지했다. 강서준도 고개를 주억거리며 그녀가 할 말을 미리 유추해 냈다.

새삼스럽지만 드림 사이드 1에서 황제나 호크 알론이 어떤 고민을 했는지 알 것도 같다.

그들도 처음엔 이런 기분이었겠지.

'이곳으로 다른 세계의 플레이어가 넘어왔다면…….'

링링은 잠시 입을 다물었다가 말했다.

−우리 같은 NPC와 다르게, 적어도 세 번의 목숨을 보장받는 '불사의 존재'가 나타날지도 모른다는 거야.

강서준은 링링의 말에 잠시 헛웃음을 지었다.

NPC라…….

생각해 보지 않은 건 아니었다.

드림 사이드가 현실이 되었고, 서울의 사정이 알론 제국과 같아졌다.

드림 사이드를 플레이하는 '플레이어'가 이 세계로 나타난 다는 건 미리 예상할 수 있는 내용이었다.

이젠 이 세계는 게임과 같으니까.

'앞으로 우리끼리 플레이어라 하기에도 뭣하겠어. 진짜 플 레이어라 부를 법한 놈들이 나타날 줄이야.'

물론 지구에 새로 나타나는 인물들이 스스로를 플레이어 라고 말할지는 모르는 일이다.

플레이어, NPC…… 이런 건 전부 지구의 기준에 불과하 니까.

실제로 알론 제국의 사람들은 지구인을 플레이어라고 부 를지언정 스스로를 NPC라고 말하진 않았다.

그저 플레이어들의 말에 맞장구를 쳐줬을 뿐.

'뭐, 됐어.'

강서준은 어깨를 으쓱이며 생각을 정리했다. 복잡한 이야기였지만 당장 고민할 건 아니었다.

당장 그의 앞에 있는 일은 다른 쪽이다.

'경기부터 이겨야지.'

성녀 마일리와 약조를 했다곤 해도 올림픽을 소홀히 할 생각은 없었다. 아직 세상에 케이를 온전히 드러내진 못했으니까.

'랭킹 1위라는 자도 한번 봐야 하고.'

강서준은 눈을 빛내며 말했다.

"아까 말하던 리트리하에 대해서 다시 말해 줄래?"

─흐음…… 크게 달라진 건 없을 거야.

리트리하는 말 그대로 완벽한 플레이어였다.

군더더기 없는 강함, 준수한 스텟, PVP부터 던전 공략까지 빠질 것 없이 완벽하게 일을 수행해 내는 자.

모름지기 단점이 없는 플레이어를 꼽으라면 강서준은 망설임 없이 '리트리하'를 선택할 것이다.

'그 리트리하가 대회에 나온다라…….'

강서준의 눈빛이 침잠했다.

이튿날.

경기는 예선전을 넘어 본선을 앞두고 있었다. 그리고 본선 대기실에 들어가기 전, 강서준은 최하나를 따로 만나기로 했다.

"던전에 대해서 조사를 해 줬으면 해요. 김훈 씨랑 같이 움직여 주세요."

"진짜 다음 채널의 플레이어가 나타날지도 모른다고 하셨죠?"

"아직 아무것도 밝혀진 건 없습니다. 단순히 이름만 비슷한 던전일 수도 있죠."

최하나는 고개를 끄덕이며 말했다.

"알았어요. 일단 말하신 곳부터 차근차근 확인해 볼게요."

"네, 부탁드려요."

"서준 씨도 경기 잘하세요."

그렇게 최하나를 일별한 강서준은 그녀의 마지막 한마디를 상기하며 대기실로 들어갈 수 있었다.

내부엔 이미 예선전을 통과한 각국의 플레이어들이 있었다.

시선은 한데로 모여들었다.

'경계하는 건가.'

노골적으로 노려보는 시선부터 슬쩍 훔쳐보는 시선, 몇몇
은 선망의 눈빛 같은 걸 흘렸다.

명명백백 드러난 강서준의 정체!

케이란 존재는 적어도 그만한 존재감을 갖고 있었다.

한편 그를 향해 스스럼없이 다가오는 한 남자가 있었다.

"인기가 많네요."

"……켈?"

"바로 알아보시네요."

장난스런 얼굴에 옷차림도 상당히 캐주얼했다. 유난히 날
개가 달린 신발이 눈에 띈다.

천외천 랭킹 11위, 켈.

프랑스 쪽의 플레이어였다.

'게임과 달라진 게 없네. 현실의 모습을 본떠 아바타를 만
든 거였나.'

그는 민첩에만 올인했던 괴이한 플레이어를 즐기는 '바람
의 정령술사'였다.

오직 이동속도가 느리단 이유로 그런 스텟을 찍어 11위까
지 등극했다고 알려져 있었다.

'안 그래도 상위 정령술사를 만날 필요가 있었는데, 잘됐
네.'

드림 사이드 1의 세계에서 돌아온 김시후도 있겠지만, 그
로서는 강서준의 고민을 해결해 주지 못한다.

그가 원하는 건 상위 정령술사.

그것도 '정령왕'을 길들였고, 그걸 무기로 긴 시간을 싸워 본 경험을 가진 사람이 필요했다.

"케이 님이랑 더 많은 얘기를 나누고 싶은데, 상황이 여의칠 않군요. 경기가 끝나면 개인적으로 찾아뵈어도 되겠습니까?"

"물론이죠."

"그럼 경기 후에 다시 만나죠."

총총걸음으로 멀어지는 켈의 뒷모습을 보고 있노라니, 또 다른 사람이 그의 시야에 걸렸다.

회백색의 머리를 길게 늘어뜨린 여자.

"……."

말로 형용할 수 없는 기운이 느껴졌다. 무시무시하고 약간 기괴하기까지 한 분위기.

'기분 탓인가?'

단순히 느낌만 그렇지, 겉으로 보기엔 이렇다 할 뭔가는 없었다. 특별한 아이템이라도 착용했는지 갈무리한 힘의 정체는 류안으로도 파악하기 어려웠다.

강서준은 일단 그녀를 눈여겨보며 대기실의 한쪽으로 자리를 잡았다.

본선 경기는 금방 시작됐다.

─오래 기다리셨습니다! 다들 이번 경기에 많은 기대를 품고 오신 걸

로 알고 있습니다만!

대기실 내부에는 활성화된 홀로그램이 있었다. 그곳에서 드러난 본 경기장은 예선전 때보다 수배는 커다란 크기였다.

아무래도 상위 플레이어들의 격투 때문에라도 안전을 고려하여 더욱 크게 증설한 듯했다.

─거두절미하고 바로 경기를 속행합니다. 1라운드는…… 여러분들도 알고 계실 겁니다. 투기장의 전사! 애 리! 애

소개와 함께 무대에 등장한 사람은 종전에 강서준이 눈여겨봤던 선수였다.

독기를 한껏 품은 눈빛.

한 손에 도끼를 꽉 쥔 그녀는 심상치 않은 움직임으로 걸음을 옮기고 있었다.

그녀의 회백색 머리가 한 올 한 올 다른 빛깔로 변했다.

'……잠깐, 설마 저건?'

영 꺼림칙하다 싶었다.

단순히 마력을 검붉은 빛으로 흘리는 게 아니었다. 그녀의 신체에 검붉은 색깔이 도드라지고 있었다.

고작 마족에게서 마력을 빌려오는 게 아니라, 마족 자체와 직접적으로 연결되어야만 가능한 현상.

역시 저 여자는.

'마족과 직계약을 했군.'

류안을 발동시키고 영안까지 발동시키니, '아리아'의 뒷배

를 더욱 빨리 알아차릴 수 있었다.

'도끼를 쓰고 머리카락에 검붉은 빛이 감도는 놈이라
면…….'

한 놈 있다.

'협곡의 광전사.'

"……하필 그놈이라고?"

자리에서 벌떡 일어난 강서준은 아리아를 더욱 세세하게
노려봤다. 결론은 하나로 이어진다.

'이 경기, 위험할 거야.'

한편 무대 위에서는 아리아의 상대편의 소개가 시작되고
있었다.

우레와 같은 함성과 함께 스포트라이트가 한 곳으로 집중
됐다.

홀로그램 속에서 유유자적 등장한 한 남자. 긴장감 따위는
전혀 느껴지지 않는 듯 주머니에 손을 꽂은 그는 무대의 중
앙까지 가서 섰다.

─투기장의 전설에 나설 자는 누구인가! 떠오르는 혜성, 폭풍의 중심!
현 랭킹 1위 ……데칼!

껌을 씹으며 껄렁껄렁한 태도로 별 대수롭지도 않다는 듯
쓱 아리아를 마주봤다.

일촉즉발의 순간.

─경기 시작합니다!

사회자의 말과 함께 별안간 전투가 시작됐다.

콰아앙!

선제공격은 아리아였다.

큰 소음을 일으키며 바닥을 박찬 그녀는 데칼의 목전에 다다른 것과 동시에 도끼를 횡으로 그었다.

목을 베어 버릴 심산이었나.

데칼은 과격한 살수에도 당황하지 않고 살짝 뒤로 물러나는 것으로 공격 반경에서 벗어났다.

─몰아칩니다! 아리아 선수! 지금부터 미친 듯이 몰아칩니다!

쫓고 쫓기는 전투의 연속.

아리아는 도끼를 횡으로, 직각으로, 종종 던지기까지 하며 데칼의 주변을 장악했다.

일견 데칼이 밀리는 형국이었다.

'……신중하군.'

하지만 알 만한 사람들은 다 알 것이다. 당장 데칼은 아리아를 공격할 의사가 없다는 것을.

'정보부터 수집할 셈인가.'

자고로 PVP란 그래야 한다.

플레이어 대 플레이어의 전투는 일종의 수 싸움이자, 심리전.

엇비슷한 수준의 실력이라면 가진 패를 언제, 어느 때에 꺼내는지가 중요했다.

비장의 수는 당연히 절호의 기회를 노리기 위해 준비되어야 한다.

시작부터 서로에 대해서 잘 알고 있던 나도석과 케이의 전투와는 큰 차이가 있었다.

'근데 시간을 끌면 곤란할 텐데.'

강서준은 눈을 빛내며 아리아의 움직임에 주목했다. 속도는 더욱 빨라지고 그 힘도 점차 강해지는 게 확연히 보였다.

카메라로는 보이지 않지만 지금쯤 눈동자도 붉게 충혈됐을 것이다.

'협곡의 광전사, 놈은 싸울수록 더 강해지는 특징이 있었으니까.'

괜히 광전사라 불릴까.

그놈은 싸우기 위해 태어난 놈이다. 오직 싸우는 데에서 기쁨을 느끼고, 싸울수록 정신은 피폐해지더라도 힘만큼은 더 강해지는 특성이 있었다.

해서 이놈은 단기결전으로 죽이는 게 상식이었다.

콰앙! 콰아아앙!

잠깐 상념에 빠져든 사이에도 아리아는 종전보다 배는 빨라졌다.

그 행동은 거침이 없었고, 몇 번 본인 힘을 주체하질 못하고 바닥을 구를지언정 공격을 멈추진 않았다.

무대의 한쪽이 그녀의 도끼질에 의해 반파되고 있었다.

"크아아악!"

완전히 이지를 상실한 듯했다.

괴성을 지른 그녀의 뒤편으로 머리카락이 한 올 한 올 떠올랐다.

점차 형상을 갖추는 마기.

위천이 그러했듯, 직계약자가 가진 본연의 힘이 발휘되고 있었다.

대기실에 있는 강서준조차 손에 땀을 쥘 정도로 긴장감이 살아났다.

'과연…… 견성 따위와는 비교조차 안 되네.'

견성은 마족 중에서도 최하위권에 해당하는 귀족.

반면 협곡의 광전사는 마왕의 직속 부하라 불릴 정도로 그 수준이 고강했다.

같은 직계약자라 해도 그 힘의 차이는 천차만별. 광전사의 힘을 본격적으로 발휘하는 아리아는 나도석을 능가할지도 몰랐다.

'……그런데도 아직 여유가 있다고?'

멀찍이 떨어진 그에게도 뼈저리게 느껴지는 지독한 살기를, 데칼은 정면으로 받아 내고 있었다.

여전히 주머니에 손을 넣고 그다지 당황하지도 않은 표정으로 아리아를 응시했다.

데칼이 말했다.

"고작 이 정도인가."

타악!

처음으로 데칼이 모션을 취했다.

천천히 주머니에서 손을 꺼낸 그는 도끼를 들고 달려들던 아리아를 향해 손가락을 튕겼다.

콰아아앙!

공중에서 생겨난 폭발!

그 폭발의 반경에 있던 아리아는 튕겨 나갔지만, 다시 몸을 일으켜 데칼에게 달려들었다.

하지만 폭발은 이제 시작이었다.

콰앙! 쾅! 콰아앙! 쾅! 콰앙!

무수하게 터지는 연쇄 폭발은 오직 아리아에게만 집중됐다.

그것만으로도 강서준은 데칼의 수준을 짐작할 수 있었다.

'S급 스킬을 몇 개나 갖고 있는 거야?'

자고로 폭발을 일으킨다는 건 쉬운 기술이 아니다. 특히 일정 공간만을 폭발시킨다는 건 더더욱 어려운 일.

아마 데칼의 폭발 스킬은,

예전에 '무너진 학교'에서 범죄자들이 합심하여 만들어 냈던 '폭발 스킬'의 최상위 버전일 것이다.

"크윽…… 크아아앗!"

아리아는 무수한 폭발 속에서도 살아남았다. 새카맣게 타

버린 피부와 뼈가 보일지언정 오직 공격에 미쳐 다시 도끼를 들고 달려들었다.

이번엔 데칼도 폭발을 멈추고 허공에서 손을 휘젓더니, 검을 소환해 냈다.

장검이었다.

"······!"

그리고 이어진 기술은 보는 이로 하여금 눈을 의심하게 만들었다.

스거어억!

자세를 잡고 달려드는 아리아를 향해 휘둘러지는 횡 베기.

하지만 그 동작과 파괴력, 모든 것이 한 사람을 떠오르게 했다.

'황제······ 멜빈 알론.'

S급 스킬 태산 가르기.

황제의 전유물과 같은 스킬이 데칼의 손에서 재현되고 있었다.

물론 황제로부터 직접 사사한 스킬은 아닐 것이다. 위력부터 강서준이 사용했을 때보다 약했으니까.

모르긴 몰라도 데칼에게 다른 사람의 스킬을 카피하는 능력이라도 있는지도 모르겠다.

종종 그런 귀찮은 능력자는 있었으니까.

그나저나 대놓고 그걸 이렇게 보여 준다는 의미는 뻔했다.

'도발하는 건가.'

데칼의 태산 가르기는 적중된 아리아의 도끼부터 그 뒤편으로 쭈우욱 실선을 이어 갔다.

여태 많은 대미지가 쌓인 탓일까. 아리아의 몸통이 잘려 나가면서 피분수가 쫙 터졌다.

일격에 양단된 것이다.

-스, 승리자는…… 데칼! 랭킹 1위 데칼이 다시 한번 승리를 거머쥡니다!

다소 잔인하고 끔찍한 장면이었지만, 아포칼립스 세계관을 살아가는 이들에게 있어 충격은 아니었다.

그저 자극적일 뿐이다.

"와아아아아아!"

함성이 터지고 데칼의 얼굴이 클로즈업됐다.

홀로그램 속에서의 그는 한쪽을 응시하고 있었다. 싸늘한 주검이 된 아리아에겐 시선도 주질 않는다.

그가 나지막이 입술을 열었다.

"다음은 너야."

사람들의 환호를 뒤로하고 옷매무새를 정돈한 데칼은 천천히 무대를 벗어나, 대기실로 돌아갔다.

랭킹 2위, 리트리하

-다음은 너야.

강서준은 경기장에 홀로 선 데칼을 보며 저도 모르게 몸을 떨었다.

두려워서 그런 게 아니었다.

말하자면 이건 일종의 호승심.

'강해…….'

현 랭킹 1위라 불리는 데칼은 확실히 강했다. 협곡의 광전사와 직계약한 아리아를 상대로 보여 준 압도적인 무력.

어지간한 레벨 차이로는 만들어 낼 수 없는 장면이었다.

'아니, 레벨뿐만이 아니야.'

상대의 전력을 가늠하기 위해 탐색전부터 벌이는 그다. 상대의 레벨이 낮다고 얕잡아 보진 않는다는 것이다.

'결코 방심하질 않는다는 거고.'

그만큼 신중한 플레이어는 으레 강하기 마련이다. 언제 어느 때든 전력을 다할 준비를 해 놨을 테니까.

어지간한 꼼수도 통하지 않는다.

실제로 종전의 전투에서도 데칼은 전력을 내보이지 않았다.

여러모로 골치 아픈 상대였다.

'이길 수 있을까?'

잠깐 그런 의문이 들었지만, 고개를 흔들어 잡념을 털어냈다.

의미 없는 고민이다.

어차피 싸워야 하는 적을 상대로 승리를 점치는 건 불필요한 일.

'할 수 있냐, 없냐는 중요한 게 아니야. 해내느냐, 마느냐일 뿐이지.'

강서준은 각오를 되새기며 재앙의 유성검을 매만졌다. 최근에 피를 배부르게 먹어서 그런지 꽤나 얌전하게 굴고 있었다.

─여러분, 다음 경기를 속행하겠습니다. 이대로 돌아가시진 않겠죠? 메인이벤트가 이제 막 시작할 참인데 말이죠!

그리고 당장 녀석을 고민할 여유는 없다. 그전에 넘어야 할 산이 꽤 높았으니까.

막말로 이 사람도 승부를 점치기 힘들긴 매한가지다.

-오늘의 두 번째 메인 스테이지! 현재를 따라잡기 위해 과거에서 돌아왔다! 전 랭킹 1위…… 케이이이이!

우레와 같은 함성을 뒤로하고 무대 위로 오른 강서준은, 건너편에서 천천히 다가오는 한 남자를 마주할 수 있었다.

게임과 다를 게 없는 남자였다.

'링링의 말 그대로네.'

-이에 맞서는 건…… 전 랭킹 2위! 진 제국을 구원하기 위해 내가 왔다! 완전무결한 플레이어…… 리트리하아아!

전투는 초읽기로 들어서고 있었다.

※

천외천 랭킹 2위, 리트리하.

별칭은 '완전무결한 플레이어'.

누가 그런 이름을 붙였는지는 몰라도 그의 플레이 방식을 떠올려 보면 너무 딱 맞아떨어지는 별칭이 아닐 수 없었다.

'그는 군더더기 없이 강하니까.'

리트리하는 던전 공략이면 던전 공략, PVP면 PVP, 요리면 요리…….

게임 속의 콘텐츠라면 무엇 하나 빠질 것 없이 곧잘 해내는 플레이어였다.

강서준이 두각을 드러내기 전엔 명실상부 랭킹 1위에 군림하던 기존의 최강자!

그리고 현실의 '그'를 보고 있노라니, 그 평가가 절하되는 건 단 하나도 없다고 장담할 수 있었다.

데칼도 문제지만 역시 리트리하도 그렇다.

'강해.'

가만히 서 있는데도 느껴지는 굳건한 기세는 부술 수 없는 철벽이었다. 잠깐씩 내비치는 맹수의 눈빛은 금방이라도 목덜미를 물어뜯을 것만 같은 날카로움이 느껴졌다.

완전무결한 플레이어.

강서준은 긴장감을 밀어내며 리트리하를 마주 봤다. 그도 평정심을 유지하며 입을 열었다.

"오랜만이군요."

"……네."

사실 리트리하와의 사이는 악연도, 그렇다고 좋은 인연도 아니었다.

서로에 대한 유감은 없지만 친하게 지내진 못한 케이스.

리트리하는 강서준을 슥 보더니 솔직하게 말했다.

"여전히 괴물같이 강하군요."

"그쪽도 마찬가지인데요, 뭘."

강서준은 리트리하가 쥐고 있는 커다란 방패를 눈여겨봤다.

레벨 400대 장비.

아마 S급 던전 '천계'의 장비인 '대천사의 대방패'일 것이다.

섭종 보상이라 그 능력치가 전부 발휘되진 못하겠지만, 지금쯤 그 봉인도 꽤 헐거워졌을 것이다.

무엇보다 봉인됐더라도 대단한 무기였다.

애초에 내구도부터 남다르지 않은가.

강서준은 호흡을 가다듬으며 물었다.

"어쩌다 진 제국 소속이 된 겁니까? 러시아 쪽 사람으로 들었는데요."

말하면서도 서로의 시선이 날카롭게 교차했다.

마주 본 채로 어떠한 모션도 취하진 않았지만, 이미 전투는 시작한 지 오래였다.

그가 입은 장비.

작은 움직임.

호흡.

그 모든 것이 정보였고, 게임 속에서 마주 보던 것보다 훨씬 많은 것들을 깨닫고 있었다.

"당신과 싸울 기회를 준다기에."

"……."

"그것 말고 다른 이유는 없습니다."

리트리하는 방패의 한쪽에 장착되어 있던 창을 쭉 뽑아 들더니 앞으로 겨누었다.

"전 당신을 이기기 위해 왔습니다."

그러더니 그의 어깨 너머로 날개 두 장이 활짝 펴졌다.

천사장의 날개.

섭종 보상인 '대천사의 대방패'가 가진 스킬이었다. 그 날개의 개수가 두 장인 걸 보면 확실히 봉인된 듯했다.

모든 게 해제된 상태라면 대략 여덟 개의 날개가 활짝 펴졌을 것이다.

'그 순간 지옥문이 열렸겠고.'

천사의 스킬이면서 아이러니하지만 '지옥문'이란 표현이 어울린다.

적어도 리트리하가 그 스킬을 사용할 수 없으니 얼마나 다행인지 모르겠다.

리트리하는 거두절미하고 강서준을 향해 달려들었다.

쿠구구구!

물론 안심할 단계는 아니었다.

'빨라……!'

순식간에 짓쳐드는 속도를 보고 있노라면 정말 제대로 봉인이 된 게 맞나 의문이 들 정도니까.

콰아앙!

강서준은 이를 악물고 옆으로 뛰었고, 그가 선 자리로 묵직한 방패 차지 스킬이 발동했다.

마치 공간이 깨지듯 충격이 생겨나고 뒤편의 관중의 결계까지 그 충격이 닿았다.

분명 나도석과 경기를 펼쳤던 예선 경기장보다 수배는 커진 무대였건만.

'스치면 최소 사망이겠군.'

덤프트럭이 있는 힘껏 액셀을 밟아 그를 향해 내달리는 느낌이다.

더욱 무시무시한 건 그 덤프트럭 옆으로 기회를 노리고 창이 찔러 들어온다는 것.

그 찌르기엔 단 일점을 향해 쏘아지는 무시무시한 파괴력이 담겨 있었다.

쿠우우웅!

여기까지의 공격을 보면 참으로 단순할 것이다.

날개를 펼쳐 속도를 더하고, 방패로 밀어내면서 틈을 노려 창을 찌른다.

리트리하다운 참으로 정직한 공격이다.

'하지만 피하는 것조차 버겁구나.'

왜 그가 '완전무결'이라 불렸겠는가.

언뜻 허점투성이인 것처럼 보여도 실상 그는 무너지지 않는 성벽과도 같다.

대천사의 대방패만이 아니라, 그가 입은 갑옷은 '1등급 천사의 최상급 갑옷'이었다.

어지간한 물리 공격도 면역이다.

콰앙! 콰아아앙! 콰앙!

게다가 속도는 어찌나 빠른지!

묵직한 방어력이 속도를 만나 더더욱 강력한 공격력으로 환산되고 있었다.

눈으로 보고도 피하기 어려운 속도는 그 허점 자체를 봉쇄해 주는 역할을 톡톡히 해내는 것이다.

날개를 펼쳐서 자유자재로 공중을 선회하고 방패를 치고 찌르는 공격.

말 그대로 완전무결하다.

[스킬, '류안(S)'을 발동합니다.]

물론 흐름을 읽는 강서준은 직선 공격에 있어 그나마 자유로웠다.

어느 쪽으로 날아올지 알았고.

어느 쪽을 찌를지 미리 파악했다.

'닿질 않는다면 그 어떤 공격도 소용이 없으니까.'

사실 이전에 리트리하가 강서준을 이기지 못한 이유는 '직선적인 공격법'이 한몫했다.

탱커보다 단단한 방어력과 웬만한 검사 저리 가라 하는 공격을 갖고도, 맞히질 못하면 무용지물이니까.

"근데 괜찮으시겠습니까?"

"······?"

"슬슬 도깨비가 되질 않으면 위험하실 텐데요."

[스킬, '위기 감지(A)'을 발동합니다.]

[장비, '도깨비 왕의 감투'의 전용 스킬, '이매망량'을 발동합니다.]

부지불식간에 떠오른 메시지와 본능적으로 발동한 스킬이었다.

그 순간.

시야에서 리트리하가 사라지더니 눈 깜짝할 새에 강서준의 정면에 나타났다.

그대로 커다란 방패를 들이밀었다.

'······공간 이동?'

빠른 돌진에 이은 공간 이동!

'이건 피할 수 없어!'

콰아앙!

결코 무시할 수 없는 충격이 가까스로 엑스자로 교차한 팔에 부딪쳤다. 그대로 멀리 관중석을 향해 날아갈 수밖에 없었다.

이대로면 장외 판정이었다.

[장비, '용아병의 날개'를 발동합니다.]
[10분간 자유롭게 비행할 수 있습니다.]

날개를 활짝 펼치면서 겨우 공중에 멈춰 섰지만, 잠시도
숨을 돌릴 여유는 없었다.

리트리하의 등에도 날개가 달렸다.

그의 공격은 이제 막 시작한 참이었다.

"전 예전과 다릅니다."

안다.

그게 단순히 손가락이 절단됐던 게 회복된 정도에 국한된
게 아니라는 것쯤은.

"많은 경험치를 쌓아 왔어요."

강서준에게 패배한 리트리하는 드림 사이드 1에서도 거의
폐관 수련을 하듯 던전 공략에만 집중했었다.

듣기론 특별한 스킬을 연마한다던데.

'그게 공간 이동이었나.'

조금이라도 '이매망량'의 발동이 늦었으면 위험할 뻔했다.

강서준은 호흡을 가다듬으며 재앙의 유성검을 꽉 쥐었다.
'초재생'은 그의 몸을 회복시키고, 그간 모아 뒀던 '피'는 '블
러드 섹션'의 재료가 됐다.

하지만 섣불리 다가가진 않았다. 말로 표현은 못 하겠지만 아직 리트리하에겐 비장의 수가 남았다는 생각이 들었던 것이다.

'공간 이동은 예상 외였지만 그거로는 부족해.'

뭔가가 더 있다.

강서준은 그런 확신을 가지면서 또다시 공간 이동을 감행하며 접근하는 리트리하를 응시했다.

같은 수에 다시 당할 생각은 없다.

[스킬, '파이어볼(F)'을 발동합니다.]

불꽃이 하늘에 수를 놓았다.

접근하는 것과 동시에 폭발하도록 주변을 덮으니, 리트리하가 쉽게 접근할 공간은 없었다.

다시 모습을 드러낸 리트리하의 반경엔 파이어볼이 있었고, 일시에 폭발하면서 그 위치를 알려 줬다.

"……말했듯 전 예전과 달라요."

폭연이 사라지고 선명하게 모습을 드러낸 리트리하는 하늘에서 태양을 등지고 있었다.

던전에 떠오른 인위적인 태양.

그 따사로운 햇살 아래로 그림자를 만들어 내며 두 팔 높이 위로 치켜든 양손엔.

'대검?'

방패나 창이 아닌 '대검'이 있었다.

콰아아아앙!

재앙의 유성검을 맞부딪치니 거대한 불똥이 터졌다. 묵직한 충격이 하늘에서 퍼지니 자르르 공기가 떨어 댔다.

버틸 수 없어 바닥에 추락한 강서준은 크레이터를 만들고 다시 몸을 일으켰다.

그 위로 리트리하가 다시 떨어져 내렸다.

쿠우우웅!

"케이, 전 당신을 이길 겁니다."

대검술.

한눈에 봐도 유려한 빛깔을 가진 저 무기는 아마 '용의 어금니'로 만들어진 용살 장비.

무려 500레벨짜리 장비가 강서준을 향해 떨어지고 있었다.

'리트리하의 현재 레벨이 300은 넘겼다던가.'

모르긴 몰라도 그만한 봉인은 해제됐을 것이다.

안 그래도 높은 스텟에, 상급 장비의 시너지는 단순히 내리찍기를 막아 냈을 뿐인데도 근육을 찢어 댔으니까.

그리고.

"……!"

한순간 위에서 내리찍던 리트리하가 모습을 감췄다. 류

안이 그 마력의 흐름을 쫓으니 그가 나타날 곳은 측면 아래였다.

자세를 낮춘 리트리하가 대검을 위로 베어 올릴 준비를 했다.

끝을 예감하는 눈빛이다.

"좋은 승부였습니다."

그의 대검이 날카롭게 강서준의 허리를 향해 쏘아 올라왔다.

하지만 강서준은 말했다.

"리트리하."

목소리가 들려온 곳은 리트리하의 뒤였다. 녀석의 공격은 애꿎은 허공을 갈랐다.

"여전히 당신은 날 이길 수 없어요."

스거억!

빠르게 휘둘러진 공격은 리트리하의 갑옷의 틈을 찔렀다. 피가 쭈욱 뽑히면서 단검은 게걸스럽게도 먹어 댔다.

후우웅!

그 순간 몸을 돌리며 대검이 휘둘러져 왔지만, 다시 허공만을 베었다.

그리고 리트리하는 약간 황당하단 눈빛으로 강서준을 바라봐야 했다.

"……두 명?"

두 명의 인물.

말하자면 분신으로 나뉜 강서준은 어깨를 으쓱이며 똑같은 표정을 지었다.

미간을 구기던 리트리하가 다시 입을 연 건 그때였다.

"정말 당신은 종잡을 수 없군요……."

분신의 개수는 늘어났다.

하나에서 둘.

둘에서 넷.

도합 일곱의 분신이 리트리하를 가운데에 두고 제각기 다양한 무기를 꺼내 쥐었다.

대검, 장검, 활, 지팡이…….

오늘을 위해 준비해 둔 각양각색의 장비를 두루 갖춘 분신과, 강서준은 똑같은 음성으로 말했다.

"다시 시작해 보죠."

완전무결하다고 알려진 랭킹 2위의 리트리하를 이기려면 어떻게 해야 할까.

아마 여러 가지 방법이 있을 것이다.

'어쩌면 그냥.'

기본적인 역량 차이로 억누르는 것.

과거의 케이가 그러했듯, 압도적인 스텟과 다채로운 스킬을 무기 삼아 리트리하를 쓰러트리면 된다.

가능하다면 그게 최선이겠지.

콰앙! 쾅!

대검을 쥐고 돌진을 감행하는 리트리하를 보면서 강서준은 종전의 생각을 완전히 던져 버렸다.

역량으로 억누른다고?

잠시지만 그런 생각을 했던 게 참 우스웠다.

'스텟만 봐도 300은 넘었어. 장비도 만만치 않고…….'

강서준이 헬 난이도 퀘스트를 공략하면서 그만의 직업과 높은 스텟, 다양한 스킬을 얻어 냈다면.

리트리하는 초반부터 하드 난이도를 골라 빠르게 게임을 공략하고, 수많은 초반 업적과 스텟을 쌓아 왔을 것이다.

게임의 후반부라면 모를까.

당장은 리트리하가 우위에 있다는 건 부정할 수 없는 사실이었다.

'그렇다면 방법은…….'

생각을 잇는 와중에도 리트리하의 공격은 계속해서 이어졌다.

빠르고 날카로우며, 묵직한 돌격!

여전히 직선적인 공격이 대다수였지만, 그 속도는 결코 대검을 운용하는 움직임이 아니었다.

빠른 이동속도 때문에 공기가 터지는 소리까지 들려오고 있었다.

쿠구구구!

콰앙! 콰아아앙!

다가오는 리트리하를 향해 분신이 화살과 마법을 던져 봤지만 아무런 대미지도 들어가질 않았다.

그저 대검의 옆면을 활용하여 마치 대방패로 막듯, 쉽게 방어를 해내고 있었다.

기존의 기술은 보존하면서 그 공격력을 더욱 극대화시킨 무기술.

그게 리트리하의 대검술이었다.

크과가가각…… 콰앙!

일순 시야에서 사라진 리트리하가 다시 나타난 건 그의 머리맡이었다.

강서준은 재앙의 유성검으로 대검을 흘리는 것과 동시에, 분신을 활용하여 반격을 개시했다.

본체처럼 세세한 컨트롤은 어려워서 대개 갑옷에 부딪쳐 끝나는 공격들이었지만, 리트리하의 시선을 흔드는 데엔 유효했다.

"정말…… 신묘한 기술을 쓰는군요. 대체 어떻게 조종하는 겁니까?"

리트리하의 질문에도 강서준은 대답하질 않았다. 그저 묵묵히 리트리하를 향한 공격을 이어 나갔다.

가뿐히 대검을 들어 막은 리트리하는 다시 돌격을 시작했다.

콰앙! 콰아아앙! 쾅!

몇 번의 전투가 교차했을까.

갈수록 부족해지는 건 마력이었고, 계속해서 밀리는 건 힘이었다.

그에 비해 리트리하는 갈수록 더욱 힘이 강해지고 있었다.

어쩔 수 없는 레벨의 차이.

역시 '역량의 차이'는 강서준이 밀리고 있었다.

'장기전은 내가 불리해.'

당장 그는 온 정신을 분신에게 쏟아붓고 있었다. 종종 현 상황에 대한 전략을 틈틈이 고민하는 것만 해도 그에겐 상당히 벅찬 일.

'천라지망이 아니었다면 이 사용법조차 어려웠겠지.'

진 제국에서 보여 줬던 '천라지망'은 여러 명의 플레이어가 마치 하나의 그물인 것처럼 유기적으로 움직여, 집단이 개인을 공략하는 기술.

그리고 강서준은 분신을 다루기 위해 그 천라지망의 흐름을 복기하고 있었다.

'분신을 흐름에 끼워 넣어. 더욱 빠르게, 정신없게⋯⋯!'

공장의 레일과도 같았다.

전투에 필요한 일련의 흐름을 조정하며 분신들을 적재적소에 투입했다. 강서준은 호흡을 가다듬으며 더욱 분신과의 합공에 박차를 가하고 있었다.

하지만 리트리하는 말했다.

"……이게 전부는 아니겠죠?"

역시 리트리하는 강하다.

몇 번의 충돌로 분신들은 본래 강서준이 휘두르는 전력의 절반도 못 된다는 사실을 깨달았다.

그때부터는 아예 공격도 회피하질 않고 막지도 않는다.

오직 본체만을 향한 공격을 잇는다.

그저 앞만 보고 달리는 폭주기관차 같았다.

'그래. 리트리하의 공격은 전부 직선적이야.'

그의 기술의 기본은 방패로 막고, 틈을 노려 창으로 찔러 넣는 게 전부였다.

아마 그런 단조로운 공격법은 다채로운 컨트롤이 어려운 그의 신체적 한계로부터 비롯된 일.

'그건 지금도 마찬가지야.'

신체가 정상이라 해도 리트리하는 전투 스타일을 바꾸지 않았다. 아무렴 무기를 활용하기엔 최적의 방법이었으니까.

물론 공간 이동과 대검술은 조금 다르다. 직선 공격이라 해도 사방을 점한 직선이다.

때로는 머리 위.

뒤, 측면, 정면…… 다양한 곳에서부터 출발한 직선 공격은 단조롭다고 보긴 어려울 것이다.

'정공법으로는 이길 수 없어.'

해서 강서준은 결단을 내리기로 했다.

처음 분신을 꺼냈을 때부터 계획한 일이었으니, 더는 망설일 것도 없었다.

'일단······.'

강서준은 재앙의 유성검을 꽉 쥔 채로 정면으로 달려들었다.

그의 조종으로 분신들도 동시에 사방을 점하며 리트리하에게 접근했다.

승부를 던질 타이밍.

콰아아앙!

대검과 단검이 맞부딪쳐 불똥이 크게 튀었다.

리트리하가 나지막이 물었다.

"또 피할 겁니까?"

"······아뇨, 슬슬 끝을 봅시다."

리트리하는 씨익 웃으며 강서준을 향해 다시금 검을 휘둘렀다. 묵직한 대검과 부딪칠 때마다 손목이 끊어질 것처럼 통증이 느껴졌다.

무수한 검격이 교차했고, 휘말린 분신들은 하나둘 소멸해 버리고 말았다.

한순간 눈앞이 아찔해졌다.

콰아아아앙!

사방으로 불똥이 튀기고 충격파로 경기장의 일부가 무너졌다.

그 와중에 시선은 교차했다.

완전무결한 플레이어…….

가히 그 이름이 어색하지 않은 시선으로 리트리하는 승리를 장담한 듯, 활짝 미소를 만개하고 있었다.

강서준은 생각했다.

'내가 리트리하를 이길 수 있었던 이유…….'

앞서 말했듯 역량 차이가 그 첫 번째가 될 것이다.

하지만 강서준은 그게 절대적인 전제가 아니라고 확신한다.

과연 그 반대가 됐다면 결과는 달랐을까.

리트리하의 역량이 더 대단하고, 강서준의 수준이 그보다 못했다면…… 그는 패배했을까?

'아니. 승패의 요인은 그게 아니야.'

그 순간, 강서준의 주변으로 무수하게 분신들이 늘어나기 시작했다.

두 분신은 넷으로.

넷은 여덟의 분신으로.

여덟은 곧 열여섯으로…….

대략 스물에 가까운 분신이 리트리하를 향해 달라붙고 죽음을 도외시한 공격을 펼치기 시작했다.

그래.

승패의 요인은 고작 '역량'이나 '레벨' 따위가 아니다.

'각오의 차이.'

리트리하는 도전을 즐기지 않는 플레이어였다.

위험한 던전은 들어가지 않았으며, 공략 가능한 던전을 위주로 플레이하곤 했다.

예전엔 그 이유를 몰랐지만, 이젠 알 것도 같다. 아마 그는 잃어 봤기에, 그런 선택을 한 것이다.

어렸을 적, 손가락을 잃었던 경험.

그게 그의 족쇄가 되어 도전하길 주저하게 만들었다.

결국 그는 모든 걸 내던질 수 없는 플레이어였다.

예나 지금이나 그건 같았다.

[스킬, '분신(S)'을 발동합니다.]

무수하게 늘어난 분신만큼이나 머릿속은 번잡하게 요동쳤다. 수많은 생각이 동시에 떠오르고, 그 흐름에 파묻혀 금방이라도 정신을 잃을 것만 같았다.

하지만 이를 악물고 버텨 냈다.

[스킬, '집중(S)'을 발동합니다.]

미치지 않을 것이다.

죽지 않을 것이다.

강서준은 이기기 위해 머릿속이 터질 것만 같은 순간을 버텨 냈다.

수많은 공격이 리트리하를 적중시켰고, 이에 대항하여 리트리하의 대검은 분신을 여럿 소멸시켰다.

소멸될 때마다 죽음의 고통이 느껴졌다. 가히 경험하고 싶지 않은 고통의 연속이었다.

하지만.

['분신'이 사망했습니다.]

['분신'의 대미지가 누적됩니다.]

[!]

[반복된 '죽음'을 경험했습니다.]

[칭호, '죽음을 즐기는 자'를 습득했습니다.]

['죽음'에 대한 면역이 생겼습니다.]

[죽는 순간에 대한 '충격'을 상쇄합니다.]

모든 걸 버티어 선 강서준에겐 그만한 성과가 나타나고 있었다.

그게 강서준이 가진 가장 큰 힘.

'잃을 걸 두려워하면 진정 원하는 건 얻을 수 없어.'

N포 인생으로도 벅찬 게 현실이다.

모든 걸 손에 쥐고서 뭔가를 얻고자 한다는 건, 이제 비현실적인 얘기에 불과한 일.

그런 세상이었다.

'그리고 난 더 잃을 것도 없는 N무 인생이었어.'

그에게 부모님이 남긴 빚이 있었다.

누구는 '상속 포기'를 한다면 빚이 소멸된다고도 말하곤 했지만⋯⋯.

'모르는 소리.'

상속 포기를 한들, 그에게 돈을 앗아 가는 일수꾼이 사라지진 않았다.

그들은 집요했다.

손해 보기를 싫어하는 그들은, 어떻게든 원금을 상환하기 위해서 강서준의 인생을 멋대로 침범했다.

그들이 원하는 돈을 갚질 않는다면.

어떻게든 그의 인생을 방해할 방법은 많고도 많았으니까.

경찰에 말할 수조차 없다.

교묘하게 법망을 빠져나가는 건 기본, 무엇보다 그들에겐 있고 그에겐 없는 게 힘이었으니.

어쩔 수 없었다.

'난 늘 모든 걸 걸어야 했어.'

해서 살게 된 것이 그의 N무 인생.

강서준은 단언컨대 인생을 포기해 본 적이 없다. 빌어먹을 깡패들이 더 이상 찾아올 수 없도록 수단과 방법을 가리지 않고 싸워 왔다.

기어코 그는 '공략'해 냈다.

'그러니 지지 않아.'

일순 눈을 감았다 뜬 강서준의 뇌리엔 여러 기억들이 동시에 떠오르고 있었다.

리트리하를 상대로 한 여러 분신들이 직접 전투를 펼친 경험들.

과거 시점에서 깡패를 상대로 겁도 없이 달려들던 그의 모습…….

어쩌면 산다는 건 그때와 크게 변하지 않았는지도 모른다.

"크으윽……!"

리트리하의 손이 어지러워지고 점차 흐름에 불균형이 생겨났다.

집요하게 달라붙는 강서준은 리트리하의 갑옷 틈으로 무수하게도 생채기를 만들어 냈다.

티끌 같은 대미지라도 쌓이고 쌓이다 보면 태산이 되는 법.

틈틈이 분신 사이에서 직접 공격도 감행했으니 리트리하의 입장에선 여러모로 곤란할 수밖에 없었을 것이다.

'공략이 불가능한 건 세상에 없다. 내 모든 걸 내던져서라

도…… 방법을 찾아내면 그만.'

이윽고 강서준이 높이 뛰어오르며 각종 분신들을 오직 리트리하를 향해 내던졌다.

창으로 찌르고.

화살이 쏘아지고.

마법이 폭발하며.

강서준은 양손에 불을 휘감아 그가 사용할 수 있는 최선의 마법 공격을 감행했다.

[스킬, '파이어 익스플로전(F)'을 발동합니다.]

눈을 번쩍이며 리트리하는 대검을 방패처럼 들었다. 분신들의 공격은 무시하고 오직 상단을 노리던 강서준의 공격만을 집중했다.

효율적인 선택이었다.

'하지만 그게 독이 되겠지.'

콰아앙!

불타는 두 주먹이 대검과 맞부딪치며 폭발을 일으켰다. 리트리하는 그 충격을 고스란히 버텨 낸 뒤, 바로 카운터를 날렸다.

꽤 묵직한 공격이 강서준의 허리를 크게 베었다.

초재생이 뒤늦게 발현될 정도로 빠른 일격이었다.

하지만 계획은 성공이었다.

[스킬, '이기어검술(E)'을 발동합니다.]

콰직!
수많은 분신 사이에 몰래 던져 놨던 그의 단검.
창졸간에 리트리하의 갑옷 틈을 찌른 단검은, 리트리하에게 미미한 통증을 줬을 것이다.
리트리하가 짜증 나는 듯 미간을 찌푸리는 게 전부일 정도였다.
대미지는 없었을 것이다.
목적은 그게 아니니까.

[전용 스킬, '블러드 섹션'의 특수 효과를 발동합니다.]
[스킬, '공간 이동'을 강탈했습니다.]
[한시적으로 '공간 이동'을 사용할 수 있습니다.]

여태껏 대미지도 제대로 입히질 못하는 분신으로 리트리하의 눈을 잔뜩 어지럽힌 이유.
오직 이 순간을 위해서였다.

[스킬 '공간 이동'에 의해, '재앙의 유성검'은 모종의 위치로 이동합니

다.]

    이동하는 범위는 재앙의 유성검과 맞닿은 개체.

    강서준은 눈 깜빡할 새에 눈앞에서 사라진 리트리하를 경기장 바깥에서 발견할 수 있었다.

    "허어……."

    큰 대미지를 줄 수 없다. 그를 쓰러트린다는 건 불가능하다.

    하물며 방어력이 튼튼하기로 유명한 리트리하였다.

    강서준의 상대로는 적합하지 못했다.

    하지만 눈을 현혹시켜 한순간 방심을 부르고, 그것으로 그를 패배시키는 건 가능했다.

    여긴 '올림픽'이니까.

    '그에 알맞은 공략법이 있는 거지.'

    약간 조용해진 좌중 너머로 사회자가 뒤늦게 마이크를 쥐었다.

    -자, 장외 판정입니다. 랭킹 2위 리트리하…… 실격입니다!

    다소 허무한 결론일지도 모르겠다.

랭킹 1위, 데칼 (1)

–본선 두 번째 경기는…… 케이의 승리입니다! 랭킹 2위의 리트리하를 터무니없는 전략으로 무찌르는군요!

사회자의 방송이 울리면서 잠시 적막에 빠져들었던 경기장은 다시 조금씩 떠들썩해지기 시작했다.

다소 허무한 결과.

사람들이 받아들이는 데엔 약간의 시간이 필요했지만, 장외 판정으로 실격당한 리트리하의 패배가 뒤집어지는 일은 없었다.

의외는 리트리하도 순순히 인정했다는 것이다.

'물론 내가 아는 그라면 그럴 법하지만.'

사실 리트리하가 진 제국의 선수로 올림픽에 나섰다는 게 더 이상한 것이었다.

그는 그런 성격은 아니었으니까.

'무엇보다 천사의 장비를 쓰고 있잖아. 악행(惡行)에 가담할 수 있을 리가 없지.'

지상수가 사용하는 '천사의 귀걸이'가 거짓된 거래를 원치 않는 것처럼.

리트리하가 사용하는 '대천사의 대방패'를 든 자는 악행에 가담할 수 없어야 정상이었다.

만약 진 제국이 벌였던 악행들에 조금이라도 그가 가담했다면, 그는 날개를 펼쳐 보기도 전에 저주부터 감당해 내야 한다.

―잠시 정비 시간을 가지고…… 본선 경기를 이어 나가겠습니다!

그렇게 경기가 끝나고 얼마 지나지 않아 강서준의 대기실로 손님이 찾아왔다.

리트리하.

경기가 끝나자마자 무대를 벗어났던 그는 피가 묻은 장비를 그대로 걸친 채 이곳까지 찾아온 것이다.

다행히 적의는 느껴지지 않았다.

"당했어요. 역시 케이 님다워요."

"……무슨 일이죠?"

"사과할 겸, 전할 말도 있어서요."

리트리하는 대뜸 고개를 숙였다.

"미안해요. 부담이 될 줄은 알았지만, 당신과 싸워 보고 싶어 진 제국과 당신의 싸움에 관여했어요. 그 점 사과드립니다."

"네, 뭐……."

예상대로 그는 완전한 진 제국의 사람은 아닌 것이다.

그저 싸움을 위해 이름을 빌렸을 뿐.

'나도석도 아니고…… 쯧.'

어찌 됐든 그가 진 제국과 한편이 아니라는 사실은 큰 안도가 됐다.

또한 게임 속에서 보던 모습과 크게 다르지 않다는 점 또한 상당히 긍정적으로 비춰졌다.

'리트리하는 인류의 방패가 될 거야.'

강서준의 특기가 던전 공략이었다면, 리트리하의 특기는 수많은 몬스터를 막아 내는 수성전.

그가 쥔 '대천사의 대방패'도 본래 아군이 많을수록 그 능력치가 배가되는 무기였다.

애초에 PVP에 어울리는 무기가 아니다.

"……다음번엔 안 질 겁니다. 오늘 제 부족함을 깨달았으니 더욱 정진해서 돌아오죠."

한편 제 할 말을 끝낸 듯하던 리트리하는 계속 머뭇거리고 있었다. 아직 하지 못한 말이 남아 있는 건가.

"……더 하실 말이라도?"

"아, 그게요."

리트리하는 주변을 살피더니 작은 목소리로 입을 열었다.

❦

이후로 본선 경기는 속전속결로 이어졌다.

리트리하와 강서준의 대결이 사람들의 기대에 못 미쳤을
까.

약간은 흥이 식은 가운데…….

대략 7시.

메인이벤트에 가까운 대장전이 펼쳐질 예정이었다.

현 랭킹 1위 데칼 대 전 랭킹 1위 케이의 대결.

준결승전이었다.

─오래 기다리셨습니다! 드디어 오늘의 대미를 장식할 마지막 경기가
바로 이 자리에서 펼쳐집니다!

결승보다 더 결승 같은 준결승전.

강서준은 수많은 사람들의 환호를 뒤로하고 경기장의 중
앙에 섰다.

여전히 껄렁한 얼굴로 삐딱한 자세를 한 데칼이 그를 바라
보고 있었다.

깜깜한 밤하늘 아래로 인위적인 조명만이 무대를 비춘다.

먼저 입을 연 건 데칼이었다.

"재밌는 경기였어. 룰을 이용해서 상대의 패배를 유도하다니. 꽤 괜찮은 전략이야."

리트리하와의 경기를 본 건가.

그의 칭찬에 강서준은 어깨를 으쓱일 뿐이었다. 결국 그 공략은 편법에 불과하니까.

두 번은 통하지 않을 방식이다.

게다가 여러모로 직선적인 공격에 익숙해진 리트리하였기에 가능한 공략이었다.

데칼에겐 써먹지도 못한다.

'써먹을 생각도 없지만.'

−곧 경기가 시작될 예정이오니, 자리를⋯⋯.

여전히 미소를 짓던 데칼은 사회자의 말이 채 끝나기도 전에 강서준의 지척에 다다랐다.

녀석이 말했다.

"하지만 나한텐 안 통해."

당황하는 사회자의 음성이 뒤늦게 쫓아왔고, 그보다 빨리 데칼의 공격이 다가왔다.

우우웅!

깜빡이도 켜질 않고 휘둘러진 일격은 일전에 강서준이 나도석에게 사용했던 태산 가르기.

날카로운 장검이 허공을 가르며 강서준의 몸까지 절단할 기세로 다가왔다.

채앵!

재앙의 유성검으로 바로 맞부딪칠 수 있었다.

"성격이 급하시네."

"……재밌는 걸 보면 영 참질 못하는 편이라."

"그 정도면 병입니다."

짧게 문답을 교차한 데칼은 언제 그랬냐는 듯 뒤로 훌쩍 물러났다.

갑작스런 이변에 말이 끊겼던 사회자는 관중들의 눈치를 보더니 말했다.

─시, 시작합니다!

한편 강서준은 저릿저릿한 손목을 확인하며 데칼을 응시했다.

종전의 일격.

단 한 번 부딪친 것만으로도 상대의 수준을 짐작할 수 있었다.

저게 전력이 아니라면…….

'이놈도 300은 거뜬히 넘겠군.'

강서준은 류안을 발동시키며 빠르게 전신으로 마력을 휘감았다.

몇 번 파이어볼을 던져 봤지만 예상대로 전혀 소용이 없다는 걸 깨달을 뿐이었다.

'아예 막지도 않는군.'

리트리하는 대검으로 방어라도 했지만, 데칼은 온몸으로 그냥 파이어볼을 견뎌 냈다.

신체 내구성이 마법으로 불태우지 못할 정도로 단단하단 증거!

'일단 더 부딪쳐 보는 수밖에 없나.'

상대의 역량을 얼추 파악한 뒤였다. 이젠 힘을 꺼내기에 망설일 때가 아니었다.

[장비 '도깨비 왕의 갑투'의 전용 스킬, '이매망량'을 발동합니다.]

빠르게 도깨비 갑주를 걸친 강서준이 미끄러지듯이 달려 데칼에게 접근했다. 그는 재밌는 장난감이라도 발견한 표정으로 강서준을 향해 장검을 뽑아 들었다.

채애애앵!

묵직한 충격이 느껴졌지만, 아직 공격은 멈추지 않았다. 사실 아직 단검엔 리트리하의 피가 남아 있었으니까.

[스킬, '공간 이동'에 의해, '재앙의 유성검'은 모종의 위치로 이동합니다.]

"재밌네."

공간 이동으로 빠르게 놈의 뒤를 점했지만, 그대로 선회하더니 장검으로 강서준의 공격을 막아 냈다.

"그럼 나도 보답을 해야겠지."

순간적으로 눈앞에 나타난 건 일련의 불덩어리.

강서준은 고개를 젖히며 다가온 파이어볼을 피해 몸을 움츠러트렸다.

모르긴 몰라도 이 녀석…….

'내 스킬을 따라 하고 있어.'

'태산 가르기'에 이어 '파이어볼'이라. 어쩌면 이 녀석은 다른 이의 스킬을 따라 하는 능력이라도 있을지도 모르겠다.

미간을 구기며 거리를 벌린 강서준은 돌연 바닥을 차고 접근한 데칼의 검을 다시 맞부딪쳤다.

종전의 움직임으로 확신한다.

'초상비.'

강서준은 미간을 팍 구기며 놈의 검격을 막아 냈다. 부딪칠 때마다 손목이 아스라질 것만 같은 충격이 이어졌다.

[스킬, '마력 집중(D)'을 발동합니다.]

콰아아앙!

이를 악물고 휘두른 공격에 도깨비불이 타오르고, 데칼은 이를 막아 내며 훌쩍 뒤로 물러났다.

아직 서로 아무런 타격조차 입힐 수 없었다.

"이러면 조금 실망인데요."

데칼은 혀를 차면서 장검을 공중에 띄웠다. 강서준이 겨우 익혀 낸 '이기어검술'이 그의 손에 의해 펼쳐지고 있었다.

그때 강서준은 거두절미하고 물었다.

"당신…… 플레이어죠?"

"응?"

"다시 묻죠. 당신은 이 세계의 사람이 아닌 거죠?"

가벼운 질문 하나에 놈의 낯빛이 확 변했다. 여전히 미소가 가득한 입꼬리였지만 눈가엔 살기가 번들거렸다.

"……알고 있었나?"

"적어도 지구인이 아니라는 것쯤은."

"대체 어떻게…… 흐음."

강서준은 고개를 주억거리며 놈의 얼굴을 주시했다. 이놈이 '지구인'이 아니란 사실을 깨달은 건 의외로 간단한 사실 덕분이었다.

'출신 정보가 불분명하댔지.'

링링도, 지상수도, 이곳에 있는 수많은 플레이어들 중 그 누구도 데칼의 출신 정보를 알지 못한다.

생김새로 보아 아시아인일 것으로만 추정했지, 도통 국적 조차 밝혀진 게 없는 것이다.

'그게 가당키나 할까.'

제아무리 뒤를 깔끔하게 처리하는 사람이라 해도 정보는

남기 마련이다.

지구가 알론 제국도 아니고.

정보가 넘쳐 나는 세계에서 저 남자의 정보가 아무것도 없다는 건 불가능에 가까웠다.

'둘 중 하나였어.'

정말로 그 정보가 깔끔하게 지워졌거나, 여태껏 은밀하게 감춰졌을 경우.

그리고 두 번째는.

'정말 정보가 없는 경우.'

강서준은 두 번째에 주목했다.

여태 아무런 정보도 없이 두각을 드러내질 못하던 존재가, 느닷없이 이곳에서만 그 존재감이 도드라지는 이유는 하나였으니까.

"무엇보다 제보를 받았거든요."

"제보?"

"진 제국의 송명이라는 자. 그 뱀 같은 자의 정체를 알아 버렸거든요."

리트리하는 경기가 끝나자마자 강서준에게 한 가지 사실에 대해서 알려 줬다.

포탈 던전 내에 있는 수상한 세력.

대뜸 리트리하에게 정신 공격을 펼친 '송명'에 대한 이야기였다.

'리트리하는 어지간한 정신 공격이 통하질 않는다.'

단순히 레벨이 높기 때문이 아니다.

대천사의 대방패.

그건 기본적으로 어떤 사특한 정신 공격에도 명경지수를 유지하도록 돕는 패시브 스킬을 갖고 있었으니까.

되레 그 공격을 감행한 자에겐 천벌을 내릴 수도 있었다.

그것도 '같은 방식으로'.

'기억을 읽으려 하다 기억을 읽혔으니, 당한 사람도 어지간히 할 말은 없겠어.'

결국 리트리하를 얕본 게 잘못이었다.

강서준은 짐짓 모르는 척 어깨를 으쓱이며 말했다.

"게다가 시기적으로 그럴 법하잖아요. 이번 정규 업데이트의 주된 콘텐츠는 마족이 아닐 테니까."

드림 사이드 1에서 정규 업데이트의 메인 콘텐츠인 '마족'은 진즉에 나타났다.

과연 이미 등장한 존재를 정규 업데이트의 대상으로 올려놓을까?

마족이 더욱 강해져서 돌아왔습니다!

이런 식의 패치가 드림 사이드의 정규 업데이트로 과연 용납받을 수 있을까?

'그래. 고작 C급 던전이 B급으로 탈바꿈한다고 세계가 극변한다고 말하긴 어려울 거야.'

정규 업데이트는 그런 게 아니다.

더욱 차별점이 있어야 한다.

그리고 드림 사이드 1과 2의 차이점에 대해서 생각해 보면 쉽게 다른 답을 찾을 수 있었다.

과거엔 없지만 있고, 현재엔 있지만 없는 것.

마족, 그리고 플레이어.

'순서가 뒤바뀐 거야.'

강서준은 데칼을 응시했다.

"이번엔 당신들이 이 세계로 넘어오는 것. 그게 패치 내역이겠죠. 안 그래요?"

확고한 말에 데칼은 너털웃음을 터뜨렸다.

"크하하! 역시 못 당하겠군. 가히 케이를 조심하라는 말은 허언이 아니었다."

"……뭐요? 누굴 조심해?"

"뭐 됐어. 볼 재미는 다 봤으니."

데칼이 손가락을 튕기자 눈앞에서 마력이 요란하게 뭉쳐 댔다.

폭발 징조.

강서준은 재빠르게 그 자리를 피하며 재앙의 유성검을 던졌다. 파이어볼도 생성하며 데칼의 양쪽으로 단검과 마법을 동시에 접근시켰다.

하지만.

콰아아앙!

데칼의 주변으로 반투명한 막이 동그랗게 생겨나더니, 그 공격을 전부 막아 낸 것이다.

녀석은 강서준을 보며 말했다.

"그래도 랭킹 1위라고 PVP는 끝까지 해 보고 싶었는데, 정말 아쉬워."

"……마치 어딘가로 떠날 사람처럼 말하는군요."

"그럼 어쩔 수 없잖아. 생각보다 네 눈치가 너무 빨랐으니까."

그는 신경질적으로 머리를 벅벅 긁더니 허공을 응시했다.

"알았어. 알았다고. 돌아가면 되잖아? 그게 약속인 거 누가 몰라?"

누구랑 얘기하는 걸까.

강서준은 류안으로 그 주변에 나타난 특정한 마력 흐름에 집중했다.

이를 감지했는지 해당 마력은 금세 안개처럼 희미해졌다.

"……너 진짜 보통 인물은 아니구나."

"당신은 사람도 아니고요."

"뭔 말을 못 해."

데칼은 짧게 혀를 차더니 입을 열었다.

"그래도 내 정체를 일찌감치 알아낸 보답으로 선물 정도는 줘도 되겠지."

"······보답."

종전에 보답이랍시고 공격을 가했던 게 떠올랐다. 그리고 불안한 추측은 그 정도로 끝나지 않았다.

"게이트로 접근한 사람들이 있더라. 꽤 유명 인사겠지?"

"······무슨 소리를 하는 거죠?"

"얼른 그 사람에게 가는 게 좋을걸."

약간 이죽이는 듯한 말투를 유지하던 그는 문득 한쪽으로 시선을 돌렸다. 저도 모르게 따라서 그쪽을 바라본 강서준은 기묘한 흐름을 확인할 수 있었다.

대체 언제부터 저런 흐름이······.

"어쩌면 이미 늦었는지도 모르지만."

쿠콰카카카카캉!

한순간, 눈이 멀어 버릴 정도로 번쩍이는 빛줄기와 함께. 던전 한쪽에서 거대한 굉음과 폭발이 일어나고 있었다.

다음 권으로 이어집니다